神探华良·壹

陈东枪枪 著

海飞 监制

南方出版传媒
花城出版社
中国·广州

图书在版编目（ＣＩＰ）数据

神探华良. 1，嗜瞳 / 陈东枪枪著. -- 广州 ：花城
出版社，2019.2
ISBN 978-7-5360-8692-0

Ⅰ. ①神… Ⅱ. ①陈… Ⅲ. ①侦探小说－中国－当代
Ⅳ. ①I247.5

中国版本图书馆CIP数据核字(2018)第160263号

出 版 人：詹秀敏
策划编辑：程士庆
责任编辑：周思仪　周　飞
技术编辑：薛伟民　凌春梅
装帧设计：今亮后声

书　　　名　神探华良. 1，嗜瞳
　　　　　　SHEN TAN HUA LIANG. 1, SHI TONG
出版发行　花城出版社
　　　　　　(广州市环市东路水荫路 11 号)
经　　　销　全国新华书店
印　　　刷　佛山市浩文彩色印刷有限公司
　　　　　　(广东省佛山市南海区狮山科技工业园 A 区)
开　　　本　880 毫米×1230 毫米　32 开
印　　　张　7.25　1 插页
字　　　数　135,000 字
版　　　次　2019 年 2 月第 1 版　2019 年 2 月第 1 次印刷
定　　　价　30.00 元

如发现印装质量问题，请直接与印刷厂联系调换。
购书热线：020 - 37604658　37602954
花城出版社网站：http://www.fcph.com.cn

所有的花朵背后都有一个亡灵

目录

嗜瞳

一

徐三慢来到窗前。外面大雨滂沱，雷滚电掣，从中吹来的冷风带着隐秘潮湿的不祥。"又下雨了。"他小声嘀咕，"那么今夜是不是要再加一具尸体？"

深夜的暴雨里总要发生些什么，徐三慢从小就有这样的感觉。

这种感觉在徐三慢脑海里催生过很多画面。小时候多半是《山海经》里的𩵋兹。𩵋兹人头鸟身，脚踩赤蛇，在雨里爬行，无限地靠近他。这阵子，则是湿漉漉的尸体。雨水把尸体脸上的泥和血渐渐冲去，一对深凹的眼窝显现在电光中。失去了眼球，尸体用硕大的眼眶盯着他。

服务员又跑进后厨催菜了，徐三慢只得回到砧板前。和平饭店的生意总是很好，时至午夜，前厅后厨都还不得闲。徐三慢拿起刀，继续雕那只胡萝卜飞龙。平日里他享受雕刻。他有一双精巧稳定的手，还有一把细长锋利的刀，每条细微的纹路都把握得住，龙凤神仙全雕得栩栩如生。现在这只飞龙只差点睛一笔，徐三慢手里的刀却开始罕见地颤抖。

　　只有手足够灵巧，才能保证眼球摘除时完整无缺。徐三慢做得到，但他搞不清为何要这么做。他忽然想吃葱油饼了。这是他的习惯，只有葱油饼温暖的气息能让他静下心来思考。但就算翻遍和平饭店的垃圾桶，也找不到这样低廉的食物。他的心绪开始烦乱。一刀下去，血漫过龙睛处的断口，洇上来。

　　现在就走。

　　手指流出的鲜血让徐三慢迫不及待。他把血甩掉，用嘴吮净。摘下帽子和围裙。刀一直在手中，用围裙擦亮，伸入袖口。

　　"客人又催了！徐三慢，龙头怎么掉了？还不赶紧重雕一个！徐三慢，徐三慢！你去哪！"

　　"尿终归要撒的！"徐三慢头也不回地喊。

　　雷电交加，徐三慢穿上黑色雨衣，走进密集的雨阵。大雨很快将他吞没，他的耳朵里灌满了单调重复的雨声。腾腾雨雾之中，他的身体变得潮湿。形单影只的徐三慢孤独而渺小，那么深的夜晚，他要去城郊寻找一辆汽车。

二

　　格雷反背着双手站在法租界公董局的办公室里，从窗户一角俯视薛华立路。外面天气晴好，人们脸上却都笼罩着一层照不透的荫翳，就像法国桐树下那一团团风吹不走的黑影。他意识不到，自己脸上也覆盖着同样的一重阴影。

他的视线随报童的脚步和"噬眼狂魔的最新消息"在街上急促流动。所到之处，人们都像恐慌的鸡一样聚拢成堆，继而怒怒地望向公董局大楼。法租界中央巡捕房就设在这里面。格雷听得清那些冲自己喊出的指责和脏话。作为法租界公董局的警务处处长和巡捕房警务总监，他不得不承受这些。短短半个月里，他管辖的区域已经有两人在夜雨后暴尸街头。

动荡乱世，倘若死的是平头百姓倒无妨，车祸雷击也说得过去，但死者偏偏都是有头有脸的人物，一个是法官埃尔，一个是顺兴商行老板钱鼎天，死状还都凄惨诡异。两名受害者死前都曾受到严重的虐打，以至于他们的尸体被发现时，都像是一阶阶滚下石山的苹果，遍布伤痕，面目全非。

更叫人瞠目的是，两名死者的眼睛全被剜走了。四只凹陷的眼眶霸占着报纸的头版，犹如四个血淋淋的漩涡，随时准备把人吸搅进冰冷幽暗的深渊。

通过调查，格雷发现两名受害者都是在风月场所欢宴后暴尸街头的。乍一看仿佛存在着突破口，然而两人分别去过的大世界舞厅和怡红楼相距甚远。两人之间就更没有线索可查，不仅生前毫无交集，连共同的朋友都没有一个。

关于被报纸称作"噬眼狂魔"大肆渲染的凶手，格雷也仅能通过两具尸体的眼眶推断出，他非常擅于使刀，并且对眼部的结构了然于心，因为四只眼眶裸露出的血管和筋脉都切得齐齐整整，眼部周围的皮肤没留下任何细碎的划痕。能做到这一点的必定是这两方面的行家。

此外，再无线索。仿佛凶手是在暴雨中降生的恶灵，在深夜里展露屠刀，又在日出前化为无形。他留下的只有两具尸体。电车轨道从尸体下面穿过，平行或交错，涌向四方的雾霭。

一大早，总领事就下达了限时四天破案的命令。放下电话，格雷感到心力交瘁。残存的雪茄的香气在他干涸的口腔里变得异常苦涩，他艰难地咽了一口唾沫。街面上，几处水洼被慌乱的脚步踩踏之后，在他的视野里像血一样流淌和喷溅——昨夜，又下雨了。

尽管还没得到死人的消息，但部下老毕已来报告，云外天酒店经理金贵祥于昨夜失踪，至今未归。

格雷把窗帘一把拽起，老毕就感到办公室空气沉重了起来。他站在格雷身后，偷偷抬起头，瞥到格雷深棕色的眼睛像刀一样斩过来。得知自己马上要面临劈头盖脸的训斥，老毕用下巴抵住胸口，一合眼，一咬牙，以仅有几缕残发铺盖的天灵盖去抵挡。

"说，你都查到了什么！"

老毕不吭声，双腿抖如筛糠。

"你手底下那帮包探呢，他们也没查到？"

"处长，那些人就是些地痞流氓，都是废物，不能指望……"

"你也是个废物！"格雷用指头狠戳着老毕的脸，"你这俩眼珠子也欠着被挖去！"

原本摞在格雷办公桌上的几十份报纸被扔了过来。老毕像寻到了依靠，一一捡起，假装钻研。

《申报》：夜雨中"噬眼狂魔"更像一个"富豪猎人"，作案目标非富即贵。由此可知，"噬眼狂魔"具有极强的仇富心理，进一步推断，其真实身份很可能是苦力劳动者。全上海的富豪已人人自危……

《第一线》：这桩连环杀人案无疑是由激愤的民族爱国情绪所催生。凶手以激烈方式警告国人，要擦亮双眼，看清局势。上海已经沦为一座孤岛，各个租界只是虚假的繁华。莫再贪图一时享乐，要团结一致，抵抗日本侵略军……

《上海周报》：是复仇，还是取乐？挖眼的行为残忍至极，凶手却再次作案。这究竟是一个信号，还是一种象征，抑或是当作一门艺术？目前仍不得而知……

此外，《晶报》《华美晨报》《新闻报》等各大报刊也全都在报道中作了各种猜测和评论，共同斥责巡捕房低下的破案效率。老毕看着这些标题诡异的文章，对案子更加了无头绪了。这个巡逻队队长拿手的不是破案追凶，而是和他勾搭的那些帮派兄弟倒腾鸦片赚钱，然后一起去各个

嗜瞳

舞厅喝酒跳舞。往日里，同事问起哪里的白兰地最正宗，哪里的舞小姐最娇美，他能晃着腿讲一整天。总是尽量提高嗓门，好把那个整天只知道板着脸闷头查案的探长华良比下去。现在意识到自己这点唯一的强项，老毕却觉得后背倏然浇来一盆井水，那个手握尖刀的黑色的影子说不定就站在他身后等他转身。

"华良呢？"格雷气急败坏地问，"还没找到？"

华良就像格雷的脊椎，甚至是整个上海警务系统的脊椎。往日格雷并没有如此深切的体会，但是华良的忽然消失让他在面临凶案时一下子瘫软了下去。整个法租界，整个上海滩，都因此被天空中的阴云压得透不过气。

华良和面前这个废物截然不同，是格雷见过的最优秀的警探，每次都能像猎人一样，从迷宫般的深林里追踪到最狡猾阴险的狐狸。一周前，格雷把一枚金质奖章颁给了他，因为他火速破获了律师冯孝廉被杀的案件。但是，恰恰从眼下这起案件的第一名死者被害的雨夜开始，他就无故消失了。他究竟去了哪里？难道他和这起案子有关？格雷心里氤氲着一股不祥的预感，尽管他不愿意去想，但是预感总是压不住地往上跳。手下这名得力干将是不是已经被雨中的凶手斩于马下了？

为了转移格雷的愤怒，老毕开始数落这位沉默干练的探长的不是。老毕说华良真不是个东西，偏偏在这么严峻的时刻躲了起来，然后声言自己一定会坚守岗位，万死不辞。老毕的声音越来越高，语速越来越快，简直是滔滔不绝。他相信，如果自己继续说下去，格雷一定会把探长的位子交给他。他甚至已经把畏缩的胸膛挺了起来，显示自己很有担当。但是莫向南的突然到访打断了他的演讲，格雷指着鼻子让他滚，四天破不了案就永远滚蛋。

来访的银行家莫向南提着一个皮箱，格雷知道里面有二十根黄鱼。因为莫向南的媚笑表明他是有求而来，而每次有求而来，他都会提二十根黄鱼。所以格雷拉开椅子，稳稳地坐下去，点上一支雪茄，好让阴沉失控的空气看上去轻松愉快，仍被自己所掌控。

果然，寒暄过后，莫向南满脸上扬的褶子就被一只无形的手生硬地拽了下来。这只手就是莫向南的儿子莫天。

在莫向南细致又充满温馨的规划里，莫天应该温文尔雅，精通洋文，每周末去教堂祷告，每天晚上在别墅里弹钢琴。二十岁这年，他会戴上金丝眼镜，飞往哈佛学习经济。再回来时，他戴着博士帽，运用渊博的知识，把家里的银行打理得井井有条，成为上海滩一代巨贾。原本莫天就是在这个完美规划里稳步行进的，但是在出国手续办好不久，莫天连续花几个昼夜读完了从同学那里偶然借来的《福尔摩斯探案》，自那以后，一切就脱离了莫向南的掌控。

那个早晨，莫天在新一天的第一抹阳光里戴起黑色礼帽，感觉自己的生命开启了一道光明之门，周身都跳跃着明快的音符，为他这一生的使命赞美和鼓励。莫天向莫向南郑重宣告，他要当侦探，他要破案，他要伸张正义。然后，莫天就像一只成年的猫那样蹿出了家门，蹿出了莫向南的深切期望。

他要么几天几夜不回家，要么把巡捕房停尸间里无人认领的尸体抱回家，供奉在卧室里，还跟莫向南进行无休止的谈判：如果不支持他的念想，阻挠他为冤死的灵魂伸张正义，他就只能用肉身来陪伴他们。说完，莫天向莫向南亮出了巡捕资格考试的合格通知。

"那个小祖宗被收进了霞飞路分区捕房。"莫向南一脸愁苦，把皮箱放到了格雷的脚边。

格雷先用腿试了试箱子的重量，再把它推到写字台的里侧，然后才不动声色地说："我会给你的公子安排一个轻松的文差。"

"不，"莫向南向格雷挥出手掌，"要让他累！"

"这是为何？"格雷晃动着雪茄，不明白莫向南的意图。

"只有让他累，他才会心生厌倦，知难而退。格雷处长，工作先期的体能训练一定要给他加倍。"莫向南叹了口气，看着空气中一个无形的事物，面色凝重。莫天是家中的独子，从小又失去了母亲，莫向南常感到对他有所亏欠。当警探太危险，眼下又出了这么严重的案子，一定不能让这个小赤佬出事。

莫向南走后，格雷打开了皮箱。里面有三十根黄鱼，比以往要多十根。想起莫向南这个荒唐儿子，格雷觉得很好笑。然而，当莫向南出门时微驼的背影在他脑海里闪过时，他的心里又升起了隐隐的同情。继而他意识到自己其实跟莫向南一样，都处于丧失掌控的状态，他的笑就变得苦涩沉重了。

格雷抽了一口雪茄，陷进柔软的椅背。喷吐出来的烟雾在眼睛上方形状纷乱地蔓延着，就像他心中那无比繁杂的思绪。他闭上眼，混乱中睡了过去。

再次醒来，已是深夜。格雷是被一阵急促的敲门声吵醒的，满屋子漆黑让他以为自己还在梦中。

在那个黑色的梦里，大雨滂沱，雷电交加。他躺在地上无法动弹，也发不出声音。华良已经指望不上了。不远处就是他的尸体，满脸是血。血液来自他深塌下去的两只眼眶。没有了依靠，格雷感觉自己像一棵被伐倒的树，只能借助冷风稍微制造一些颤抖，然后静候处置。凶手转过身，朝自己走来，皮鞋踩在地上，发出沉重的声响。他穿着一件比夜更黑的雨衣，越走近，越宽阔，直至占据了格雷的整个视野。倏然，黑暗中布满闪电的裂痕。与此同时，一把匕首从裂痕中射出来，直刺他的眼睛。

脚步声还在响，但是音色发生了变化，成为不间断的敲门声。老毕在外面不停地喊着"处长"。格雷拉亮办公桌上的台灯，端起早已冷透的浓茶仰头喝尽。后脑部位好像缀着一块铅，浑身的冷汗仿佛是仍击打着皮肤的雨水。他连喘几大口气，用手掌干搓了几把脸，才让老毕进来。

老毕是双手插在板带里，挺着胸晃进来的，一直晃到格雷跟前。然后他斜起肩膀，表露出手到擒来的意味。台灯把他的影子映到墙上，显得很高大。"处长，"他说，"案子破了!"

"破了?"格雷挺直了身子。后脑处的铅块让他发蒙，一时无法理解老毕的话，"你说的是眼下这起连环杀人案?"

"您没听错!"老毕的影子在墙上得意地耸动着，"凶手作案时被我当场擒获!"

"凶手在哪里?"格雷站了起来。

"哥儿几个，把'噬眼狂魔'带进来，让处长开开眼!"老毕朝门口吆喝，两名警员就把凶手押了进来。

台灯发出的光线很昏暗，所以格雷看不清凶手的脸，只觉得他瘦削的身形很眼熟。他摆摆手，警员便推着凶手继续往前走。与此同时，格雷的身子不停地往前探。当凶手来到台灯旁的时候，格雷惊诧地张大了嘴。这绝对是不可能的事情。

"华良?"

被扣住肩头的华良和格雷痴愣愣的神情让老毕不由得大笑起来。这是他头一回在这个从没正眼瞧过自己的法国佬儿面前放肆地大笑，他觉得自己的人生从来没有如此辉煌过。

三

据老毕说，华良是在城郊一处废弃的棉纺厂车间被擒获的。老毕和两名手下远远听到了里面的打斗声。冲进去时，受害者已经死亡，而华良正在挖他的眼睛。跟法官埃尔和顺兴商行老板钱鼎天一样，受害者被打得惨不忍睹。经过家属辨认，确定死者正是昨夜失踪的云外天酒店经理金贵祥。金贵祥的一只眼睛已经被华良挖下。

"处长，这就是华探长挖眼用的凶器。"

老毕凑过来，呈给格雷一把细长锋利的刀。

这把刀和格雷梦里那把一模一样，冰冷的刀身让他感到梦中的冷雨和绝望仍包裹着他。他怎么也无法相信，隐藏在那件漆黑雨衣里的恶魔竟然就是自己最信任的部下。

"说说吧，华探长！"老毕坏笑着。

"我不是你们说的这个人。"如此情境之下，华良的语气平静得有些滑稽。

老毕一挺胸："处长，他装疯卖傻一路了，您信不信，一上电椅全招！"

华良没再说话，他向格雷伸出了两只手掌。老毕在一旁叉腰训斥，说十根金条换不了他的狗命。

这是一双遍布着细小伤痕和茧子的手。除去各指根，茧子还长在右手食指第三节和左手的拇指上。看完这双手，笼罩在格雷心中的迷雾就变得更加浓重了。格雷抬起头，努力辨认着这张再熟悉不过的脸，感觉世界发生了严重的错位，或者他自身错位到了另一个世界，仿佛梦境在延续。

这双手上没有枪茧。

长期用枪的人，食指第一关节和虎口处都会有枪茧。

华良是法租界枪法最准的警探，多年艰辛的枪械训练把他的茧子磨得像饱满的黄豆，一扬手就看得见。现在，它们却都消失了，就像从没存在过一样。

格雷连抽了三大口雪茄，也没有冷静下来。他想再喝一大杯冷水，但杯子里只剩下一些茶叶，乱纷纷地贴在杯底和内壁上。

难道他真的不是华良？但他的长相和声音明明跟华良一模一样。世界上真有两个如此相像的人？作为凶手的他和手下华良是什么关系？华良的失踪又是否跟他有关？这些问题交互打结，编织成格雷和真相之间捅不破的纱。

"这位长官大人，我想您已经看得很清楚了吧。"他抱怨时流露出的似笑非笑的表情是华良所没有的，华良的脸时刻像一块铁板，哪怕被钉到马掌上，被践踏两年，恐怕也不会有丝毫变化，"我从没摸过枪，左手上的茧是颠勺磨的，右手上的茧是刀把磨的。"

"你叫什么名字？"格雷问。

"徐三慢。"

"华良在哪儿？"

"抱歉，我不认识，更不知道。"

"你是厨师？"

"是。"他用下巴指了指格雷手中的雕刻刀，说，"那是我雕花用的。我在和平饭店干，要是不信，就去那问问吧。"然后他又重复了一遍自己的名字，徐——三——慢。

格雷反复念叨着这个名字，把玩着手里的刀。他见识过和平饭店厨师的手艺，刀工了得。"你是谁都不重要了，我追究的，只是你凶手的身份。为什么要杀人？"

徐三慢冲格雷撇起了嘴，让格雷觉得受了侮辱。那是嘲笑。格雷也因此发觉了自己的错误：他手里的刀通体雪亮，没有血迹。那双被他翻来覆去看了十几遍的手上唯一一处血痂呈线形划在左手食指指肚——那只是一处微小的伤口——同样不是从别处沾染到的血。

"你们冲进厂房的时候，他是正在挖眼吗？"格雷把视线转移到老毕脸上。老毕一脸慌张，支支吾吾说不出话。他映在墙上的影子开始崩塌，原本气吞山河的姿态塌成了臃肿模糊的一团。他缩起脖子，又变成了往日的自己。

"这位警探冲进来的时候，我正在地上躺着。"徐三慢脸上依然带着漫不经心的嘲笑，"看来这位大哥的脑袋真的不适合戴巡捕的帽子啊。只要摸摸那具冰凉僵硬的尸体，就会知道先前的打斗并非发生在我和他之间。这一点无须我多言，通过法医的检验结果即可证明。或许，你也没这么笨，你只是太想坐探长的位子了。"

这么说，厂房里还有一个人，而且这个人才是凶手。格雷看着墙上的地图，脑子飞转着。但是就算这个徐三慢说的全是真的，一个厨子出现在深夜的凶案现场也绝非巧合。他从地图上找到了城郊那处废弃的棉纺厂，离和平饭店可是够远的。

"我去查案。"徐三慢解释道。格雷看到他乌黑的眼睛和漫不经心的语气里透露出了一丝忧虑，他说："夏天的雨夜可是多得很呐。"

"但你怎么知道凶手会在那个远离市区的破厂房里？"

"因为厂房里停着一辆汽车。"

格雷一撇嘴，"汽车到处都有。"

"但是只有汽车出现在那个场所，才能满足凶案现场的所有条件。"

格雷扬扬手，让扣住徐三慢肩膀的部下退下。他把熄灭的雪茄重新点燃。面前这个叫徐三慢的年轻人开始了他的推理，神情淡然，思路清晰，因而格雷不禁觉得，被点燃的不仅是指间的雪茄，还有蛰伏在他体内的一部分力量。

"法官埃尔和商行钱老板都在死前遭到过严重虐打，死后又都被挖去双眼。这些行为要想在光天化日下实施而不被人察觉是绝不可能的。换句话说，凶手要想这么做，就必须先把谋害目标绑架，转移到隐蔽之处。所以，尽管埃尔和钱鼎天的尸体分别是在霞飞路和福州路被发现，但这两条路也只是抛尸现场。"

为了让格雷跟上自己的思路，徐三慢稍微停顿了一下。在这短暂的时间里，他望向夜深如海的窗外。他想，此刻凶手可能就行走在这夜色里。几个钟头前，他们在城郊废弃的厂房相遇，对方裹在一件漆黑的雨衣里，像一阵没有呼吸的风，一下子围住他，又一下子不知所终。但是此刻，他可能跟所有的普通人一样，混在人群中，普普通通，无法辨认。

"埃尔最后一次出现在公众面前是在大世界舞厅。据大世界舞厅的门童讲，尽管埃尔有汽车，但由于舞厅离家很近，所以他几乎每次都是步行往返。那天夜里，开始下雨的时间是十一点左右，而他到大世界舞厅的时间为八点，雨还没下，所以他仍然是步行前往。离开时间为十二点一刻，他让门童给他拿了把伞，就朝家的方向走去。据他家人说，当晚他并没有回家。所以埃尔是在从大世界舞厅到他家之间的一公里路途之中被绑架的。"

雨水敲打着夜色中的这一公里道路。在纷乱的烟雾中，格雷仿佛看到了从大世界舞厅氤氲出来的霓虹光雾。光雾之中，埃尔路过数辆黄包车，冲经过的每个深海鱼一样缤纷的舞小姐吹口哨，跟跟跄跄，招招摇摇。忽然，一个黑布袋罩住了他的头……徐三慢站在格雷面前，他的推理仍在继续，不疾不徐的语速流露出足够的自信。

"这段路很短，这个时间点又是大世界舞厅的离场高峰，所以路上行人非常多。但是，过程中一个目击者都没有。钱老板的情况也是如此。要想在这样的路况中劫走一个步行的壮年男子却又不被周围人察觉不是件简单的事，最起码要具备两个条件。"

"哪两个条件？"老毕捋着下巴，大惑不解。

"第一，凶手要有一辆车。第二，要么凶手站在车边，趁受害者经过的时候使用麻药将之迅速麻翻，推进车里；要么，受害者与凶手原本就认识，他是自愿上的车。很显然，这第二种可能性更高。"

格雷用手驱赶着把他围拢住的烟雾，烟雾分开，又再次聚拢。他有恍然大悟的感觉，同时又添了太多迷惑不解，因为徐三慢的推理并不符合之前的调查结果。"可是事实上，埃尔和钱老板两人并没有什么交集，也没有共同的朋友。他们不应该认识凶手。"

"这不是事实，这只是现阶段的调查结果。"徐三慢摇摇手，订正道，"世界上绝不存在没有联系的两件事物。受害者上车以后，凶手开车带他去隐秘地点，实施殴打、屠杀和挖眼。这个地点，要么是个可以开得进汽车的别墅，要么是个汽车能够抵达的荒僻之处，比如废弃的厂房仓库之类。"

老毕很不屑地切了一声，跟徐三慢抬杠："还有可能是山洞呐！"

"不可能。如果是山洞，尸身上一定会留下在泥水中拖拽的痕迹。而事实上，尸体既没有此痕迹，也没有被其他东西包裹过的痕迹。你们给尸体拍过照片，还登在各家报纸上，难道不是这样吗？"

老毕别过脸，撇着嘴不再说话，徐三慢继续说道："我从照片上还发现了被你们忽略的另一个细节。钱老板的尸体在福州路被发现时，他身上的衣服几乎是干的。这一点除了能证明凶案并非发生在雨中之外，还可以推断出第一现场的大致范围。"

"哦？"格雷对徐三慢的推理越来越有兴趣了，身体向前倾去，"那说说你的推断。"

"那夜雨停的时间是凌晨四点左右，天亮是五点。福州路是繁华的大路，天亮后抛尸一定会被人看见。所以，凶手利用雨停后到天亮前这段时间抛尸。这就可以推算出，从凶案现场到抛尸地点的距离不会多于五十分钟的车程。可是在这个距离范围内并没有能把车开进去的别墅，最大的可能，就是城郊。既要在此范围之内，又要有藏匿的条件，还要停着一辆汽车，同时满足这三点要求的地点肯定就是行凶之处。"

格雷产生了一种恍惚的感觉——和平饭店后厨的身份只是华良跟他开的一个玩笑。长相如同复制，还都拥有一样敏感的洞察力和缜密的思维。格雷不眨眼地盯着他，开口说道："你发现那个厂房的时候，凶手就在里面，而且你跟他交了手？"

"但是被他跑了。"

"有没有看见他的脸？"格雷继续问。

"没有，他从头到脚都裹在雨衣里。"顿了一下，徐三慢补充道，"就像一个幽灵。"

当凶手出现在昏暗摇曳的光晕中时，躲在窗边的徐三慢就是这种感觉。漆黑的雨衣把凶手从头到脚裹住，使之看上去更像是幽幽地飘到了油灯下，仿佛雨衣里面没有实体，只有一团黑色的冷风。

那件黑色雨衣散发出潮湿不祥的味道，于是又让徐三慢想起了《山海经》里踩蛇而行的弇兹。他们都是湿漉漉的，都让他感到全身发冷。那一刻，他寻找的凶手在半丈之外的火光里明灭不定，随时都可能发现他躲在窗窟窿后面的眼睛。或许他已经发现了。雨衣连帽所围出的那团应该是脸部的黑色阴影正对着窗户的位置一动不动。他们之间只隔着一张案台。除了油灯，案台上还有一个血淋淋的死人。

昨夜，徐三慢在推测出的那片城郊区域步履不停。然而雨太大，几处道路又塌了方，所以他没能排查完。第二天，云外天酒店经理失踪的消息传遍了和平饭店的前厅后厨。徐三慢猜测，这个金贵祥很可能被同一个人绑架了。而尸体之所以没有出现在街头，大概也是因为塌方拖延了凶手行动的时间。

今晚，徐三慢又从后厨溜走了。城郊那几处塌方的石土已被清理干净。泥泞的路面上车辙相互交叠，通往各个方向。这些车辙，有的去往温馨的家园，有的通向喧嚣的夜场，还有一道，会到达他要寻找的流淌着鲜血的行凶之地。

三个钟头后，徐三慢来到了几幢破房子前。通过耷拉在门垛前的破木牌得知，这里曾经是一个棉纺厂的仓库。院子里枯枝遍地，几棵法桐树高大茂盛，疏于打理，投下张牙舞爪的影子。

当他攥着雕刻刀猫腰进院时，他不会知道，由于害怕遭遇和两名受害者一样的毒手，老毕拒绝了手下去各大夜场排查的建议，而是拎着酒菜，远离城区，寻找一处可通宵饮酒之所。远远地，老毕就看到了这处废弃的厂房，"此地甚好！"他大手一挥，朝厂房走去。

那些法桐树的影子仿佛有重量似的，徐三慢走在其中，感到了清晰的压抑感。这回，他看到了汽车。那是一辆黑色的没有牌照的别克车，就停在树影最深的角落。

汽车的外漆是重新刷的，徐三慢轻抚车身，摸到了很多纹路状的粗糙起伏。当他拂过引擎盖时，余温传到了他手上。汽车刚熄火不久。不烫，却足以让他全身从皮肤到骨头都紧缩了一下：凶手就在这里。

徐三慢本能地蹲下身。几乎与此同时，厂房里晃动起一豆油灯。他贴到窗户旁，从窗户的破口向里张望。一个中年男子躺在窗跟旁的案台上，胸腹没有起伏。裸露处的皮肤下面，一条条静脉血管呈明显的蓝绿色，通过这一点推测，此人已经死了二十个钟头以上。他的一只眼睛已经被挖掉，眼皮沾满血，无力地垮塌进眼眶。发臭的腥味让徐三慢感到一种本能的排斥，他想吐。

穿黑色雨衣的凶手出现在了油灯下，就像野兽从自己的巢穴露出头。他既像从远处飘到灯下的，又像是由空气中的一点渐渐扩大，渐渐蚕食掉原本的光亮而成。他出现后，被黑暗盖住的面部就冲着徐三慢眼睛的位置一动不动。然后，他扬起戴着黑皮手套的手。他手里攥着的是一把比徐三慢的雕刻刀更加细长锋利的尖刀。

徐三慢随时准备一跃而起，刺进那团直盯着他的黑影里。但他好像又没有被发现，对方可能只是在被监视下产生了一种怀疑的感觉。不久，他低下头去，把刀尖插向了死人的另一只眼睛。

徐三慢冲破窗户，跳进了野兽的巢穴。油灯也是在这时候灭的，所以徐三慢感觉像跳进了对方面部的那团黑影里。他能闻到对方的体味，听到他的气息、脚步声，以及雨衣挥动时发出的声音，却什么也看不见。

潮湿的风迎面打来，徐三慢闪身躲过，挥出刀去，却仅划破了对方的雨衣。接着，徐三慢连续劈刺，触到的都是空气。他消失了。

徐三慢听不见他的脚步声，但又感觉他无处不在。对方就像融进了这发霉的空气里一样，包围着他，窥视着他，从各个角落伸出匕首。

徐三慢感到背后发凉，刚转过身，胸膛上就挨了钝重的一击。痛感在倒地的同时传来，像铅块不断往身子里灌，挤压着脏腑。这时，仓库的后窗发出破碎的声音，一团黑影从中飞掠而出。

院子里也传来了警哨和纷乱的脚步声。随后，仓库门被三名巡捕踹倒在地。老毕端着枪，看看地上的徐三慢，再看看案台上的尸体，大笑了一声："嗨，巡捕房探长杀人，可真新鲜啊！"

老毕用铁链牵进一条体形硕大、嘴套皮箍的德国黑背。黑背鼻端的皮皱出一团褶，嘴唇上翻，向徐三慢露出两排短刀似的尖牙，不停地朝他扑。老毕还是不愿意相信自己抓住的只是一个素未谋面的厨子。华良怕狗是全局上下公开的秘密，所以老毕把还没驯好的警犬带了上来。"华探长，"老毕解开黑背的皮箍和铁链，一脸坏笑，"华探长，您带它耍耍，培养培养感情。"

犬扑了过来，徐三慢躲开它也只是微微一闪身。与此同时，徐三慢朝黑背的脖子劈下一掌。黑背撞到墙上，一声短叫后晕倒在地。

"妈的！"老毕抽出警棍就要打，被格雷喊住了，"把狗拖出去！"

被赶出去的还有老毕的两名手下。格雷放下雕刻刀，他开始扣制服扣子，一颗一颗往上扣。等他扣到喉结处的时候，原本松垮的制服变得笔挺硬朗。他尽量在神情里显现出公董局警务处处长该有的威严和悲天悯人的情怀，准备跟面前这个叫徐三慢的年轻人做一笔交易。

格雷很清楚，现在，只有徐三慢能帮自己破案和保住位置。但前提是他先穿上探长的制服。巡捕房破不了的案，被和平饭店的厨子破了，这是和凶手逍遥法外同样的耻辱。另外，华良失踪的消息也已走漏了些许风声，很大程度上让民众对警界丧失了信心。诸多原因归拢起来，徐三慢一定要马上成为华良。

格雷跟徐三慢的对话是从人道主义的角度展开的。他说这起连环变态杀人案丧心病狂，践踏人性，必须要尽快破案。而他看得出徐三慢是一个有正义感和民族责任心的公民，所以，他不仅要赋予徐三慢继续查案的权力，还会拿出一个特别行动组供他差遣，并且要让他坐探长的位子。为了表达自己的幽默感和对待下级的平和姿态，他又微笑着加了一句："穿着探长制服去查案总比拿着菜刀方便，起码不会再发生诸如今夜的麻烦。"

但是徐三慢拒绝了他。

裹挟着雨水的冷风从窗户吹进来，吹着徐三慢的脸，让徐三慢想起了临终前的父亲。那是一个秋雨中的傍晚，潮冷的风穿过石库门，涌进幽深的里弄，掀翻了竹竿上那些永远也晾不干的灰色旧衣服，然后侵入屋子，打透了徐三慢的背。原本被父亲打理得很干净的屋子凌乱不堪，淤积着发霉和草药的味道。幼小的徐三慢有生以来第一次感到了一种挥之不去的残破。它无法挽回，也绝不会停顿，裹挟着一切冲向世界尽头。父亲的眼神自然也在其中，徐三慢不敢直视。但是父亲说，看着我。他不得不抬起头。

"我要你永远记住，这辈子不能吃警探这碗饭。"父亲眼里的残破急速地加剧着，年幼的徐三慢并不懂得其中的意义（直到今天，他也不明白这句话背后的原因），只是记下，然后点头。

"处长大人，准确地说，您是让我假扮您那位失踪的部下吧。至于原因，恐怕并不像您所说，而且，这显然不是我该考虑和承担的。"

"好，那我就说点儿你该考虑和承担的。"格雷朝徐三慢吐出一口浑浊的白烟，再次拿起他的雕刻刀，随意地摇来晃去。

"要想证明你不是'噬眼狂魔'，很简单，只需要抬起你的手。可是要想证明你是，就更简单了。"格雷不屑地笑

　　　　　　　　　　　　　　神探华良系列

了笑，"你是和平饭店的厨子，有这柄锋利的雕刻刀，有精湛的手艺，挖只眼睛自然不在话下。而且，我的部下是在行凶现场把你当场抓获，后厨的所有人又都能证明你溜了号。你看，我并没有冤枉你。"

说完，格雷把雕刻刀重重地拍到桌子上。随着震动，雪茄的一缕烟灰也纷乱地落下，被格雷一吹，飞往各处。

"看到了吗，徐三慢，你的命就跟烟灰这么轻，又不在你的掌控中，说消失就消失。"格雷打量着徐三慢，嘴角满意地撇出弧度，"你现在闭嘴了，是说明我们达成一致了，对吧？华探长，局势紧迫，你只有三天时间。"

"足够了。"徐三慢把头愤愤地撇向了别处，他实在是不想看这张阴险又得意的脸，"案子破了以后呢？"

"案子破了以后，立马放你回和平饭店雕萝卜。"

"把刀还给我。"

格雷站起身，笑着把刀送过来。他想跟徐三慢握手，徐三慢却低下头，用衣角反复擦拭格雷留在刀身上那些凌乱的指纹，一脸的嫌弃。于是格雷的笑干巴着收住了。他打开门，招呼探员领"华探长"去更衣室换一身新制服。

徐三慢走后，格雷又把老毕叫了进来，吩咐他立马组建一个特别行动组，专门协助徐三慢破案，供他调遣。为了避免冒牌探长露出破绽，组员务必从各分区捕房未曾见过华良的新探员中选取。让老毕也进组，这样可以随时监视和向他上报徐三慢的动向。然后他想起了莫向南的儿子，便嘱咐把他也调来，做徐三慢的贴身助手。

"莫天？就是莫行长的公子？那可是个纨绔子弟。"

格雷叹了口气："那个能闯祸的小魔头，放到哪都是个炸药包。既然如此，这个包就让徐三慢来背。出了事，也跟我们无关。"

徐三慢再次走出巡捕房时，已经是第二天的午夜。崭新板正的制服和黑暗逼仄的午夜都像是摆脱不掉的躯壳。此外还有另一重躯壳，迷雾重重的案件正笼罩着他的心绪。他在数个未解的问题里往复徘徊，像一只寻不到巢穴的孤鸟。

在那个已经逝去的白昼，徐三慢一直待在巡捕房，询问金贵祥所有的家人和朋友，结果就是金贵祥与埃尔和钱老板仍旧没有交集。那么"噬眼狂魔"为什么就挑中了他？挑中的这三个人难道仅仅是随机？徐三慢不相信。

大雨和挖眼决定了这起连环杀人案高度的形式感，此等案件，目标多半不会胡乱随机选择。而且从凶手的作案风格来看，这是一个心思极其缜密之人。这样的人杀人一定有他的特别原因，绝非只为满足胸中激荡着的变态的杀人欲望。那么，会是什么原因呢？复仇？如果真是这样，三名死者生前究竟对他做了什么？冷风吹过来，像这些问题的化身，裹紧他全身。

他又想吃葱油饼了，便从口袋里掏出剩下的半张。这张饼是昨夜溜出和平饭店后买的，已经变硬发凉。他咬了一口，花时间细细咀嚼。他很想去看看金贵祥的尸体。尸体不语，却是他和凶手之间的唯一桥梁。他希望这道桥梁能帮他理清思绪。

徐三慢来到了巡捕房的停尸间，这是一个臭气弥漫、始终处于腐败中的空间。几十具尸体盖着白布陈列在一张张木板床上。空气冰冷，仿佛悬浮着地狱的入口。连从窗口漫进的月光都充满了浓郁的寒气。借着从木板床上垂挂下来的名牌，徐三慢找到了金贵祥的尸体。

你们三个真的不认识？你们曾经做过什么？为什么凶手非要把你们的眼珠挖下来？会不会还有下一个？下一个又会是谁？……当徐三慢面对着金贵祥反复咀嚼这些问题的时候，这具白布下的尸体忽然直挺挺坐了起来。他的双臂像铁棍一样朝徐三慢硬直地摇晃，嘴巴大张，在白布上形成一个夸张的凹陷。秋风一样深沉的吼叫从这个孔洞里发出，冰冷幽怨，仿佛来自地狱。徐三慢看准他摇晃着的头部，挥出手掌，重重地劈了上去。

尸体向一边斜垂着倒下，滚到地上，发出钝重的声音。

四

金贵祥的尸体滚落到地上以后，原本僵直的双臂弯曲起来捂住了头，口中低沉的风声也变成了呻吟。他蜷缩在徐三慢脚下，不停地打着滚儿，呻吟中生出明显的哭腔。

徐三慢怎么看，都觉得是在看一个撒泼的孩子，不由得露出苦笑。他伸出脚，试探着碰碰尸体的腿，尸体就像个大刺猬似的蜷成一团，瑟瑟发抖。徐三慢只得蹲下身，轻轻拍打他的肩膀。

当徐三慢把尸体身上的白布霍地揪掉时，真的显露出了一张清秀无邪的孩子的脸。也就二十岁吧，徐三慢估计。这个翩翩少年怎么可能是金老板？

"你敢挖我眼吗？你胆子不小啊，知道我是谁吗？"少年颤抖着叫嚣，同时紧盯住徐三慢手里的雕刻刀。徐三慢放下握刀的手，因为他害怕自己会把他吓哭，他笑了笑，说："不知道。"

"说出来吓死你！我叫莫天！上海滩神探！福尔摩斯·莫！还不赶紧乖乖束手就擒！"

徐三慢恍然大悟，原来这就是格雷配给自己的"得力助手"，可真是个可爱的孩子。他走上前要扶他，"你起来。"

"你别动！我告诉你，你有权保持沉默，但你无权乱动！"莫天边叫喊边向后挪动，像往海洋深处不断退去的章鱼。徐三慢只得拍打了几下自己的制服，"起来吧，我是中央巡捕房探长华良。你应该已经接到警务处的通知了吧，做我的助手。"

莫天爬起来，右手捧着心，左手捧着头，大喘粗气，随即又挺起身，奋力掩盖惊险过后的战栗和疲软，"哦，你就是华良啊。幸亏你及时地自报家门，要不然你就惨了。

我可告诉你，刚才呢，我是故意为之，这是策略，是诱敌深入的战术。"

"好。"徐三慢笑笑，问，"金贵祥的尸体呢？"

"搬到右边这张床上了。"

"你这是什么策略？"

莫天变得精神抖擞起来，身子直得像一支冲天的钢箭。他整理好身上的洋服，走进窗下那抹月光里。接着他又从洋服里像变戏法一样掏出一顶黑色礼帽和一只硕大的烟斗。柔和的月光为他勾勒出一个银色的轮廓，他把礼帽倾斜着戴到头上，叼起烟斗，冲徐三慢展露出一个瘦削的侧脸。这个黑色的剪影很像书本的封面，他幽幽地开口道："我是一名优秀的警探，是上海滩的福尔摩斯·莫，血迷追踪，伸张正义。"

徐三慢又一次被他逗笑了。真是个可爱的孩子，简直和刚满月的小狗一样，天真嚣张，充满活力。身边能有一个这样的朋友是他一直所希望的。

莫天用手轻轻扶了一下帽檐，继续说："华探长，你不要笑。我福尔摩斯·莫正在实施的绝妙计策足以让'噬眼狂魔'自投罗网。我已经买通了几家报纸的记者，让他们在今天的报纸上同时发布了标题为《尸体午夜开口，哭诉惊天冤情，噬眼血案即将告破》的文章，目的就是要引蛇出洞，然后将其绳之以法。"说着，莫天将手掌攥成拳头，模拟收网的姿态。

徐三慢笑着问："好，福尔摩斯·莫先生，那你觉得今夜'噬眼狂魔'会现身此地吗？"

莫天冷笑一声："你在怀疑我的能力。不过我不在乎，神探用事实说话。今夜破了案，明天我就是上海滩第一神探。华探长，你的事情我也略有耳闻，算是有点破案能力。以后你就跟着我，一定会成为中国的华生……"

徐三慢忽然朝莫天伸出了手，示意这个"书本封面"闭嘴。走廊里有动静。声音越来越明显，正迅速往停尸房靠近。徐三慢听得出，那是柔软的鞋底轻快掠过地面的声音。

"蛇出洞了。"徐三慢用气声说。他指指身边的木板床，莫天就麻溜地躺了回去，从头到脚蒙上白布。徐三慢闪身沉进两张床中间的空隙，从床底望向门口。他能听到自己的心脏一下下敲打地面的声音。

跟昨夜一样，此人从头到脚都包裹在漆黑的衣服里。稍有不同的是，这回他穿着紧身夜行衣，手提木箱，身材细瘦，像穿梭在水里的鱼，在几十具尸体间灵活游动，翻看名牌。他很快就停在了莫天的床边，对着这具"尸体"一动不动。这样如同凝滞的片刻在昨夜也发生过。但徐三慢感觉和昨夜有些不同，至于哪里不同，却说不清楚。

此人来这里一定不是因为那些经不起推敲的文章。难道是为了挖走金贵祥的另一只眼睛？还是要取走他的头？他手里的箱子恰好能装得下一个人头。地砖的冰凉感沁入徐三慢的身体，徐三慢掏出了雕刻刀。

黑衣人伸出手去。

在他即将掀开白布的时候，莫天再一次直挺挺地坐了起来。配合着低沉的吼叫，他的双臂又开始僵直地摇晃。黑衣人猝不及防，向后跳了一步，但是紧接着，又一掌劈向了莫天的头。莫天脑袋上传来一声钝响，如同铁锤砸在树干上。莫天再一次哀号着滚落床下，滚到他身旁。

徐三慢飞身跳起，连出三刀，分别冲着黑衣人的喉咙、胸膛和腰眼。对方全都轻巧躲过。他身上的夜行衣很诡异，不像普通衣服那样松垮，更像是一层皮肤，紧贴身体，同时又和鱼皮一样滑不溜手，月光攀不住，徐三慢的手更攀不住。他的出招力虽不沉，但极为迅捷，招招直奔徐三慢要害。徐三慢虽不至于被击中，却也一时难以攻下对方。

十五招之后，对方显现出了体力下降的迹象，出招虚实之间方寸已乱。他冲徐三慢腰眼飞来的那一脚踢空之后，并没有继续出击，而是顿了一下。就在这一瞬间，徐三慢的掌击中了他的胸口。而这一掌过后，徐三慢本要踢向他小腹的鞭腿也及时收了回来。

徐三慢站在原地不动了，仍在他掌间留存着的柔软让他无法继续攻击。他从不对女人下手。而"噬眼狂魔"绝不会是女人，女人身上不会有那么凛冽的寒气。

对方却又冲过来，赌气似的，恼羞成怒似的，朝他拳脚乱挥。徐三慢一闪身，揪下了她的面罩，同时用刀尖对准了她的喉咙。

借着月光，徐三慢看到她被汗水濡湿的头发一缕缕散下来，盖住眼眉，与白皙的面庞对比鲜明，如同穿过海边的晨雾之后，仍留存着其中的纯净清爽。尽管她扬起双手以示打斗结束，但眼睛里那股倔强仍在，就像两把水做的刀。

徐三慢收回刀，往后撤了一步。

五

"你叫什么名字？"徐三慢问她。

"你又叫什么名字？"

"徐——巡捕房探长，华良。"

她微微张开嘴，把头扬起又重重地点下，做出一个原来如此的表情，"我叫高婕。华良探长，你怎么不用枪呢？"

"我怕一不留神打死你。半夜三更，你一个姑娘来停尸房干什么？"

"查'噬眼狂魔'的案子，我要知道其中的全部细节！"高婕的眼睛里绽出光彩，整个人都变得焕然一新，富有底气。"华探长，"她问，"你可知道世界上唯一的漏洞是什么？"

显然，她并非真的想让徐三慢回答，她只是想抛出自己的结论："是人。"

说完，她顿了一下，仿佛特意为徐三慢留出理解的时间，然后继续说："那你知道世界和人的关系是什么吗？互为隐喻。我们的世界是一个变化不定的迷宫，而它所有的变化又都会在人身上留下痕迹。即使人死了，痕迹也不会消失。"

徐三慢点头琢磨着："这是个哲学问题，还是……"

"既是哲学问题，也是实际的道理。就拿破案来说，人永远是最大的突破口。找准了突破口，就能走出迷宫。"这时，她的语气变得轻松得意起来，"所以呢，我就学了法医，无师自通。你可以叫我'探灵法医'。"

接着，她拿起地上的木盒，朝华良打开。剪刀、解剖刀、颅骨凿、肋骨钳、有齿镊、骨锯等形式各样的解剖器械一应俱全，整齐排列着，反射着金属的冷光。

唉，又来了一个。徐三慢心里暗叹。

这时，莫天摸着头从高婕身后站了起来。痛感减轻了，眩晕还在，所以他的表情看上去像躺在地上一不留神睡了一觉，正要抱怨地板太硬。

一个福尔摩斯，一个探灵法医，两个荒唐可爱的小朋友。从痴迷破案的这一点来说，徐三慢又觉得他们其实和自己很相像，所以他很开心。他拉亮了停尸房里的电灯，突如其来的光亮就像他此时的心情。

"金贵祥的尸体在这儿。"他揪下了一具尸体上的白布。

"哇！"高婕大叫着奔过去，蹲下身伏在尸体旁，像参观一件新出土的文物，"保存得可真好！真新鲜！"

"叫什么叫，什么新鲜不新鲜的，"莫天摸着头顶上鼓出来的大包，一脸反感，"又不是夜宵！"

高婕三两下脱光了金贵祥的上衣，露出来的瘀青和伤口像油漆一样胡乱涂抹着。于是她变得更加亢奋："这可都是线索啊！都是突破口！凶手作案尚未完成，被迫终止，一定遗留着重要的线索！"

她挺直上身，长舒一口气，平复心情，从木盒里取出解剖刀，沿着金贵祥的锁骨开了一道横向的口子，又从胸骨柄处下刀，沿中线向下至耻骨，开了一道纵向的口子。然后她回过头，看了一眼大惊失色的莫天，嘴角弯出邪恶的曲线："你过来帮忙。"

莫天咧嘴皱眉，望向徐三慢的眼神里充满了祈求。徐三慢继续津津有味地吃着他的葱油饼，挥手让莫天跟自己一起过去："来啊，福尔摩斯·莫，为冤屈的灵魂伸张正义。"

高婕让莫天用手把尸体胸腔上的皮肤沿着刀口往两边撕。莫天撇过头，咧着嘴，摸到刀口后，用拇指和食指捏着，往两边提。

"你绣花呐！用手攥住，使劲！"高婕把莫天的手摁进刀口里，摁到肋骨上。莫天只得咬牙攥住冰凉黏稠的皮肤，两手往两边一撕，一股浓郁的腥臭便喷涌而出。他转回脸来，视线正好撞上白森森的肋骨和下面深色的肺部，一下子头晕目眩。"不行，我要吐进他肚子里去了！"他憋着气大喊。

"你要敢放手，我就让你眼看着自己吐进自己的肚子里！"高婕拿解剖刀朝莫天的肚子比画了一下。

她把肋骨钳伸进莫天撕开的胸腔，一根一根剪断肋骨。骨头断掉的脆响震颤在莫天的耳膜上，一声也没有遗漏，像一只又一只巨型蚂蚁，用硕大的牙齿，一口一口嚼碎他的天灵盖。而他那已经被不知道是汗水还是泪水模糊了的视野里，华良探长正津津有味地嚼着葱油饼，把头伸向尸体敞开的胸腔里张望。"你瞅什么？"莫天咧着嘴冲他嚷，"有种你就蘸着吃！"

高婕娴熟的解剖技术让徐三慢大为意外。她有条不紊地切开皮肤，剪断肋骨，仔细翻看肺部和心脏，整个过程里，眼神和窗外的星辰一样冷静明亮。

"金贵祥是因为被尖锐物刺穿心脏而死，一刀毙命。"高婕用镊子把贯穿心脏的那道伤口指给徐三慢看。徐三慢则测试性地问她："那你推测会是什么尖锐物？"

高婕白他一眼："华探长，这可不属于我们验尸官的职责。验尸官的职责就是从尸体上寻找突破口。通过突破口找到真相是你们警探的责任。不过在我的职责范围内，我还可以告诉你一些别的线索。"

她用镊子扒开尸体陷进眼眶的眼皮："你看，眼部的刀口切割得非常整齐，心脏这一刀也同样准确，说明凶手对人体的结构非常清楚。华探长，从这一点你能推断出什么？"

"凶手很可能是一名医生，或者屠夫，或者人像雕刻师，"徐三慢停顿一下，盯住高婕的眼睛，"还可能是你，一名优秀的法医。"

莫天像做抢答题一样举高手臂："还可能是隐于市井的武林高手！"

高婕抿起嘴，盯着尸体思索，仿佛遗漏了什么。显然她并不满足现有的成果，绝不会就这样收手。一分钟后，她就又动了起来。

她脱下了尸体的鞋子，剪下膝盖以下的裤管，仔细查看尸体的腿。看完之后，仍不停下。这回，她剪下了金贵祥的整条裤子。

"哇！你想干吗？"莫天瞪起眼睛大叫，"你怎么对冤死的灵魂一点敬意也没有？死了还要经受你的侮辱！你个女魔头！变态！"高婕不理他，自顾自地进行着。当她拿起镊子来操作的时候，莫天已经惊得说不出话了，只是用双手拼命抓头，或者指着她，不停地跳脚，哇哇乱叫，想要撞墙，像被紧箍咒折磨的孙悟空。

徐三慢撇过头去，任她用镊子翻来覆去地查看死者的性器。徐三慢明白，最不该打扰的不是死人，而是认真的女人。

"他得了梅毒。"高婕放下镊子，向徐三慢汇报，眼神干练得如同捕获猎物的犬，"病症尚处于第一阶段，外阴处有硬下疳，还没有到化脓的程度。"

徐三慢冲她点点头："埃尔的尸体已经不在了，但是钱鼎天的尸体还在，你是不是还要对他进行尸检？"

"当然。"高婕抱起她的工具箱，对着正往门口退去的莫天勾起手指，"你，回来。"

钱鼎天的尸体发胀腐烂得非常严重。高婕一揪开白布，冲天而起的臭气就顶得莫天泪眼婆娑地呕吐起来。尸身呈深棕色，体表上遍布水泡，黑色的血管像树根一样四处蔓延。

高婕一把揪起挂着膝盖大喘气的莫天，告诉他，这皮肤一摸就脱落，而且这一次，他有机会体验融化状内脏的手感。但实际上，高婕并没有开胸，她只是细细观察着体表。

"钱鼎天的脚踝曾经骨折过。这是一处几个月前的新伤。"

徐三慢把今夜尸检得到的全部线索汇入了他的思维。他的眉头皱了起来，仿佛在沙漠里聆听远处的一条暗河。忽然，他疾步向外走去，好像已经知道了暗河的具体方位。

"去哪，探长？"莫天捂着胸口，紧随其后。这个鬼地方他一刻也待不下去了。

徐三慢回到办公室的时候，老毕正斜仰在椅子上睡觉，嘴巴不停地张开又闭上，像一条跳到河岸上的傻鱼。徐三慢叫醒了他，让他立即去死者埃尔和金贵祥的家里，调查两人在去世半年内都曾得过什么病，去过哪些医院或诊所治疗。

徐三慢也走出了巡捕房，站在薛华立路前，莫天跟着他。此时天光将开，大地欲醒，冷清的街道呈现出一种将

嗜 瞳

要复苏的空旷。徐三慢喜欢这种空旷，因为它和深夜的逼仄截然相反，是白昼的预兆和前奏。

天空开始明亮，夜则变得稀薄，建筑的影子已经影影绰绰地浮现。用不了多久，出巢的麻雀就会用它们尖尖的短喙和细瘦的爪子把夜的残骸扯落在地，变成法桐树下的影子。徐三慢感到了一种充满活力的清爽。他很开心，他跟莫天说，天总会亮的。

六

"你会开车吗？"徐三慢问莫天。

"会，但是我不能开。"

"这是为何？"徐三慢很想听听这位可爱的朋友的解释。

莫天不屑地答道："因为福尔摩斯从来不开车。"

"哦，这么说，你是想走到霞飞路。"

莫天皱着眉头搔了几下脑袋，终于想到了变通的方式："我可以骑摩托！"

莫天骑着挎斗摩托车，颠簸在昏暗不清的路途上。他问坐在车斗里的徐三慢："我们是要从钱鼎天的家属那里确认些什么吗？还是寻找新的线索？"

"都有。"徐三慢看着前方说，"一会儿你就知道了。"据他的推断，三名受害者和凶手一定都认识。而高婕昨夜的尸检得出了一个重要的结论：金贵祥和钱鼎天都是病人。既然是病人，就会去看医生。所以徐三慢推断，凶手很可能是这两个人共同的医生。擅于使刀又对人体结构掌握娴熟可是医生的基本功。

两人来到钱鼎天的花园别墅时，太阳已经完全升起，鲜亮得像刚磕出来的生蛋黄，给两人以及挂在别墅门上的白布丧花披上了一层金色的柔光。

栏杆形的铁艺大门仿佛囚笼，锁着浓郁的凄凉。望进院子，徐三慢觉得花园里的那些阳光要比闪动在自己肩头上的冰冷迟滞。钱鼎天妻子的眼神也是冰冷迟滞的。莫天摁下门铃后，胸前戴着白花的下人把两人带进了宽敞豪华的客厅。那个相貌平庸的中年女人一身素黑，蜷缩在客厅边角的一个独座沙发上，宛如一朵被人遗弃独自枯萎的黑蔷薇。

她迟缓地回过头，瞟了一眼徐三慢和莫天，麻木的脸上透出一些怨恨："我知道他会死，也曾在心里诅咒他死，但没想到会这么早。"

徐三慢道："我们来是要询问一些事情，争取尽快破案，让钱老板早日入土为安。"

"我没什么好讲的。他在生意上的勾当我不知道，他养的那些狐狸精我也没见过。"

她说得有些咬牙切齿，所以莫天马上有了自己的判断。他趴到徐三慢耳朵上说："案子已经很清楚了，一定是她为情所困，雇凶杀人。"徐三慢没理会他，问钱鼎天的妻子：

"钱太太的意思是，钱老板是因为生意或者情事被害的？"

她依然板着脸，说："我可没这么说。"

"好，"徐三慢继续说道，"我接下来要问的你一定知道。"

钱太太继续愣了一会儿神，才站起来，领徐三慢和莫天来到客厅中间的组合沙发前，盯着茶几，眼神空空荡荡。

"钱老板的脚踝伤过吧？什么时候伤的？"徐三慢一坐下就问。顿了几秒钟后，钱太太点了下头，仿佛声音传导到她耳朵里的过程比别人都要漫长，"骨折，出事前三个月。"

"他是在哪家医院治疗的？"

"爱博诊所。"

徐三慢在心里重复了一下诊所的名字，仿佛用钢笔记在上面。然后他继续问："是因为爱博诊所里有钱老板的朋友？"

"这倒不是，"她随意的语气说明了对这个细节的确定，"只是因为离家近，也在霞飞路上。"

"爱博诊所就一个医生吗？"

"也不是。说是诊所，其实早已扩张成了医院的规模，有各个科室，每个科室里也都有不同的医生和护士。"

这就是说，得梅毒的金贵祥和脚踝骨折的钱鼎天肯定不是看的同一个医生。徐三慢从她倦怠的表情里知道她毫无撒谎的心思，那么，是自己搞错了？"给钱老板看病的是哪位医生？"他继续问道。

"是一位骨科专家。"随后钱太太又补了一句，依然是事不关己的语气，"上个月已经去世了。"

"去世了？"在真实和猜测之间，又出现了一处细节上的出入。徐三慢的五官因此发生了微微的扭曲。

"对。"

"是一位年轻的男医生吗？"

"是一位女的老医生，因为上了年纪才得心梗去世的。"

眼前仿佛出现了一层迷雾。徐三慢低下头，不再问，陷入怀疑和思索之中。看来事实与他的推断确实不符。他起身道谢告辞。那朵幽怨的黑蔷薇则转过身，又回到了她先前坐的那个独座沙发，把脸扭向厚帘覆盖的窗户，再也没回头。

一出门，徐三慢就跳进了摩托车斗。莫天问他得到了什么线索。爱博诊所啊，徐三慢说。莫天反问一句，可是这有什么用呢？接着他又开始重复自己先前的判断，必须要把那个女人抓进巡捕房才行。

"走吧。"徐三慢没有再说话，他希望老毕的调查能有一些成果。他看了一眼天空，位于东边的太阳往南移动了一些。这时，太阳应该不再是柔和的金色，而是已经变为耀眼的圆团，如果它不被云彩挡住的话。实际上，徐三慢喜欢的太阳正陷在一朵形状复杂的灰云里，呈现出无力的苍白，就像纸做的一样。

老毕的调查并没有给徐三慢带来任何方向上的指引。

埃尔生前身体健壮，连伤风感冒都没有得过，自然谈不上去医院、诊所这些地方。而金贵祥的家，老毕根本没去。"去也是白去!"他的话不无道理，得了那脏病，金贵祥的家人绝不可能知道。

越过老毕因为不满而歪斜耸动着的肩膀，徐三慢看到窗外的太阳已经完全隐没在灰云之中，就像此时的自己。整个特别行动组在迷失中陷入漫无目的的懒散，七扭八歪地打着哈欠。

许久之后，徐三慢把视线转回到老毕身上，笑着问："那你觉得该怎么办?"

老毕双手扣着板带，摇头晃脑地说："依我多年的办案经验，与其去调查你凭空乱想出来的线索，不如去查查他们生前最后出现的地方。我有预感，怡红楼和大世界舞厅一定有问题。"

这正是徐三慢在良久的沉默中产生的想法，受害者最后去的地方说不定会有什么线索。他朝老毕笑笑，道："好极了，就按你说的来。"

老毕朝组员们大手一挥："走，去大世界舞厅!"

"不，"徐三慢整理了一下自己的制服，"先去金贵祥常去的怡红楼。"

出发时，徐三慢没找到莫天。他不知道，在自己看着乌云沉默的那段时间里，一直站在自己身后的莫天已经独自溜出了公董局的大楼。

七

　　徐三慢带领特别行动组来到怡红楼门前时，怡红楼里两个赤膊的汉子正在往外扔人。

　　在扑面撞来的风里，徐三慢闪过身，看着莫天从自己身边咆哮着飞过，像一只悬空滚动的米袋，撞倒了正昂扬向前的老毕。然后两人四肢交缠，在路面上滚动，不断发出骨头撞击石头的声音，这让徐三慢不禁咧起了嘴。

　　壮汉退去，又站出来一个穿红花绸缎旗袍的老鸨。她往外扔东西，镊子放大镜烧杯试管显微镜，哗啦啦扔了一地。莫天惊慌地爬起来，不顾正压着自己半截身子的老毕的呻吟，把他踹出去，然后惨叫着冲向自己那一地破碎的宝贝。

　　徐三慢把手一摊："福尔摩斯·莫，你弄这么多医生用的东西，难道是又想当华生了？"

　　"不，探长，你姓华，你就是华生。我永远是上海滩的福尔摩斯。"莫天抱紧他怀里破掉的显微镜，像一个女人抱着自己早夭的婴儿，声音哽咽，无比悲痛。他朝徐三慢哀伤地抬起脸，头戴小矿灯，颈挂听诊器，两只眼睛都被拳头捶得乌青。他慢慢站起来，神情悲伤而庄重，开始背诵自己从侦探小说里摘抄出来的句子。

"有人说，天才就是没有尽头地锻炼吃苦耐劳的生存能力。或许，这种说法并不准确，但正适用于侦破工作。"与此同时，莫天头顶的矿灯由于电路问题，正像萤火虫一样一明一暗地闪烁着，仿佛就是他那颗怦怦跳动着的赤诚之心。

　　之所以从巡捕房偷偷溜走，带上诸多装备独自赶来怡红楼，是因为他对自己的推理能力充满信心。钱鼎天的妻子让他感觉钱鼎天的死是一场情杀。三起案子并没有必然关联。而所谓的挖眼这一相同细节，实则是后两起案子的凶手在故意效仿，以把警方引入误区，从而逃离法网。所以他坚信逐一侦破才是应该采取的破案方式。既然华良探长的平庸智慧无法理解他的高阶思维，那么，为了伸张正义，他还是得选择孤身作战。

　　金贵祥这件案子，他认为重要的突破口不是医院，而是梅毒。金贵祥有梅毒，而他最热衷的事情是来怡红楼买春，所以这病一定是由怡红楼的妓女传染。此事如果传出去，无疑就终结了这个妓女患者的财路，所以她杀人灭口。莫天甚至想象得到她手持尖刀凶神恶煞的样子，就像一只妩媚又凶残的猫科动物。她的眼睛是血红的，上面附着着从金贵祥心脏里喷溅出来的血。然后她用尖刀剜出金贵祥的一只眼球，搁进嘴里大嚼，血水喷出，仿佛是一颗潮州牛肉丸。

　　这个血腥场景让莫天心头充满破案的决心和伸张正义的激情。去怡红楼的路上，他把摩托车骑得飞快。前方的道路在延展，让他深感孤胆英雄的洒脱与荒凉，既然剑已出鞘，牺牲也是悲壮。他已经想出了寻找真凶的方法，就是亲自为怡红楼的每一个姑娘体检。经过昨夜高婕的讲解，他认为对梅毒的病症已经大体了解。但是一个都还没检查，他就被两个"鲁智深"夹在中间，像沙袋一样踢来打去。

老鸨叉腰站在怡红楼门口，宛如一尊花纹艳俗的大号陶瓷水缸。她正不停地大骂着莫天，骂这个"银行小开""小恶魔"丧尽天良，践踏女儿们的尊严，阻碍店里的生意。她哇啦哇啦的叫骂具有杂耍人手中那面铜锣一样的吸引力，很快，街上的行人就都聚拢到了这里。小姐们从门口探头探脑，像巢里的小雀一样，冲莫天点点戳戳，叽叽喳喳。

莫天却不以为意。他用两只乌青的眼睛紧紧盯住徐三慢，语气毋庸置疑："她对我如此凶狠的报复恰恰说明了我切中了她的要害。这个怡红楼有问题啊华生！金贵祥就是因为被这里的姑娘传染了梅毒，前来要挟，却惨遭灭口的。你要想破案，就按我福尔摩斯·莫的思路办！"

徐三慢忍住笑，尽量做出一个严肃的表情，道："你觉得云外天酒店的经理会要挟一个青楼小姐吗？"

"怎么不会？"莫天要争辩，但他没想出应对的话，眼睛里的光就黯淡了下去。很快他把头也低下去了，就像一只战败的小公鸡。

"好，就算你说的是对的，但是姑娘们会让你这么检查吗？"徐三慢把手放到莫天的肩膀上，安慰他，"你应该学会变通，问姑娘们平时生了病都去哪里治疗。"

"对对对，打听秘密我也是拿手的！"莫天挺直身子，一把撸下手脖子上的瑞士金表，又一次往怡红楼里冲去。

"有奖问答！有奖问答！姑娘们，你们生了病都去哪里诊疗啊？瑞士金表，谁先回答送谁！生了病去哪治？哪位姑娘先回答就送谁！"

老毕一瘸一拐地回到徐三慢身边，与徐三慢一起望着莫天振奋的身影，感叹："你说，有钱人家的孩子是不是都傻？"

老鸨用她那一身肉把莫天弹了出去，又把他揪回来，一把夺过金表，一个劲儿端详，反复擦拭，欣喜不已。

莫天伸过手来："老东西，你不说，我可是要收回来了。"

老鸨把表揣进了她肥肉耸动的怀里："我的这些女儿啊，生了病都去爱博诊所。"

又是爱博诊所。果然是这里。这四个字犹如四颗小石子，在徐三慢的心间留下磕碰的声音和清晰的触感。这个地方一定有问题。他依然坚信自己的判断，只是一些细节尚未显现，无法看清整个案件。

"为什么要去爱博诊所？"

"因为那里的医生把她们当人看。"老鸨好像对徐三慢上前一步的追问很反感，所以开口前她先翻了一个巨大的白眼，"得了那种病，本来就是种耻辱，有多少姑娘不敢去看，延误了病情。爱博诊所就很不一样，不仅给病人最大的尊重，对这行的姑娘还提供特别的照顾，看病一律只收药钱，不收诊费。"

老鸨又从怀里掏出了那只金表，快乐地擦起来，然后放到耳边去听。表盘上的金质秒针一刻不停地往前走，徐三慢听到了它发出来的轻微声音，越来越清晰，最终成为世界上唯一的声音。它变成了一句话，每个字都明确坚定，像是用烧红的铁块锻打出来的似的：离破案期限结束，还有一天半时间。

八

如果不是为了查案，徐三慢肯定会对爱博诊所充满好感。事实上，这是徐三慢去过的所有医院里唯一能让他产生好感和信赖的一所。某种程度上，这里少了一些死亡属性上的压抑和绝望，多了几分医院理应具有却十分鲜见的关爱，因而更像是一座服务上乘的小型疗养院。

医院由一座漂亮的三层西式洋房改建而成，院子打扫得很干净，中间位置是喷泉和花园。穿着统一病号服的患者由家人或护士陪着，在香樟树下和紫藤花回廊间散步、聊天，悠闲安静，不乏笑意。

医院内部大厅和走廊的墙上，挂着几幅色彩温馨的教堂油画。医护人员穿着整齐洁净的白色制服，脚步轻快，笑容真实，再三叮嘱患者在诊疗和饮食上的注意事项。患者们无不面带感激，有几位甚至感动得流涕。徐三慢对挂号处的护士格外有好感，不是因为她们给予患者足够的微笑和耐心，而是责任感上的一处细节体现：她们对收到的每一张就诊单都认真查看，询问比对，连诸如住址、职业这些无关紧要的栏目也要确保精确无误。

徐三慢站在挂号处前无声地看。他好像很喜欢这个医患融洽的氛围，以至于莫天要溜进资料室查找怡红楼姑娘们的病历，都被他拦下了。他笑吟吟地对莫天说："医院能有此番作为，一定有一个了不起的院长。我们为何不先拜访一下院长呢？"

莫天冲着徐三慢挤眉弄眼，低声咆哮："华生，我告诉你，不要因为穿上了西服就以为自己是来做调研的！别忘了我是谁！"他朝徐三慢晃了晃自己的檀木烟斗。

徐三慢笑而不语，满意地整理了一下来的路上莫天为他买的洋服，朝二楼院长办公室走去。

看到院长时，徐三慢的敬佩更是溢于言表。这位叫贾林的院长是个和莫天年纪相仿的年轻人，白净清秀，高挑瘦削，全身都透露着一股干练劲儿，举止又足够谦逊，让人不由得想起笔直的桦树，无法讨厌。

莫天却对他充满了厌恶。"你知道吗？我爹就想把我变成这种小白脸儿！"趁贾林给两人倒水的工夫，莫天趴在徐三慢耳朵上愤愤地说道，"你看他那身西装，绿了吧唧的，真像狗尾巴草！"

徐三慢不为所动，维持着朝向贾林背影的笑容，不看莫天一眼。"你这个叛徒。"莫天再也不想看他这股恭维劲儿了，他宁愿去看摆放在墙边木架上的那一缸缸人体器官。

"心，肝儿，腰子……咦，这个是狼心，还是狗肺。"莫天边看，边阴阳怪气地嘀咕，他是有意让身后的贾林听见。但是贾林只是淡淡地笑着。这些泡在福尔马林里的器官让莫天想起停尸房里的尸检，他的胃已经起了反应，像一只摁不住的小兔，不停往上顶。但他绝不转过身去喝茶。某种程度上，这是他与父亲对抗的方式。

徐三慢双手接过贾林端来的茶杯，连声道着谢，"贾院长，您的医院非常不错！条件好，服务也好，年轻有为啊！是在国外学的医吗？"

"兄长客气了。"贾林笑得很羞涩，"我并没有系统地学过医，只是从先父那粗学了些皮毛，诊所也是他生前的心血。先父仁心仁术，去世之后，我就把家改成了医院，聘请了专业医生和护士，努力救助更多的病人，也算是完成他老人家的遗志。两位今日到访，不知道在下能帮上点什么？"

"今日到访，也是唐突得很。这几个月，华某得了一种怪病，每天总有那么几次不舒服，忽然就头晕目眩的。跑了不少医院，中药西药也都已试过，都没效果。前些日子，在下的两位兄长都向我介绍了爱博诊所，说这里好。本来是想立马过来的。"

说到这里，徐三慢忽然低下头去，仿佛是被他脸上突然显现的沉重悲伤坠下去的一样，好一会儿才重新抬起来："这两位兄长，想必贾院长也从报纸上看过，就是近日在连环谋杀案中先后遇害的钱老板和金老板……"

　　贾林抿起嘴，脸微低，大有感同身受之意："事已至此，兄长还是得想开。"

　　"总觉得他们还活着。"徐三慢盯住贾林的眼睛，道，"这两位兄长都曾来过您的医院问诊，不知道贾院长是否有印象？"

　　"凶案确实从报纸上看到了，包括照片。"贾林脸上不无歉意，"但这两位患者我实在是没印象了。一来医院里病患太多。二来，我也不直接参与治疗。尽管我吃住都在医院，但工作时间主要还是在办公室。在跟患者的沟通上，做得很不够。"说完，他很遗憾地叹了口气。

　　莫天忽然"哎呀"叫了一声。他正踮着脚，双手高举着。橱顶那只陶瓷罐子在他手指伸展的极限处左右晃悠了几下，随即掉落下来。他半张着嘴，呆若木鸡，他已经在等罐子跌落时分崩离析的脆响。但中途，陶瓷罐被牢牢地钳在了一双和女人一样纤细的手中。不知何时，贾林已经奔到了莫天跟前。

　　"贾大院长，您这罐子里什么宝贝啊？眼镜蛇吗？"莫天长舒一口气，朝贾林伸过头，瞪大眼睛，做出一副惊恐万状的表情，哈哈大笑起来："阿三都喜欢把眼镜蛇放在罐子里养，还给它们吹笛子呢！"

贾林配合着莫天的玩笑笑起来："就是些过了期的废茶叶，没来得及处理。"他把罐子重新放到柜子顶端，拍去手上的浮土。接着，莫天向贾林提出参观医院的请求，以借机查看怡红楼姑娘们的病历，正式展开侦破工作。但是没等贾林开口答复，徐三慢就走过来打断了两人的对话，"莫天啊，我们的时间到了……"这时，徐三慢的脸突然变得苍白，眼睛里的光像被一双看不见的手一下掏空了似的，身子随之晃了几下。要不是被贾林及时扶住，他已经摔倒在地了。

　　莫天老大不满意，瞪着徐三慢，踢了把椅子过去。贾林端来一杯水，让徐三慢务必先去心脑科看看。徐三慢摇摇手，撑着椅背站起来："一会儿就好，也不是第一次了。还有重要的事，办完就回来。"

　　"这就走了？"莫天咬牙切齿地说，"不留下看看病吗？"徐三慢依然不理会，跟贾林握了握手，便径自出门了。他还让莫天搀着自己，直到坐进摩托车的挎斗才挺直了腰。莫天却不打火，数落着他，一句一个"耽误大侦探破案"。

　　"贾林很可疑，"徐三慢说，"我甚至能够确定他就是杀害三名死者的凶手。"

　　"那个小白脸儿？"莫天嗤之以鼻，"我看他杀鸡都成问题。"

　　"回警局找证据。"

　　"证据在警局？你快得了吧！你啊，还是当我的跟班，我让你查什么，你就查什么。"说着莫天就要回医院，被徐三慢摁住了肩膀。

"这确实是一桩连环杀人案。"徐三慢笔直有力、不容怀疑的眼神里透露出一股急迫，"我们要赶紧找到证据……"

莫天连连叹气："华生，侦破工作可不能瞎猜！就算找证据也得回医院找。姑娘们的病历才是突破口！"

"没用的。"徐三慢被这位小朋友搞得一番苦笑。他叹了口气，把爱博诊所的疑点讲给他听。

"挂号处对病人的就诊单检查格外细致，连家庭地址都要一再核实。你见过哪家医院是这样的？"

"那倒是没有，可是这能说明什么？"

"这么吃力不讨好的事一定不是出于当班护士的责任心，而是不得不遵循的规章制度。而规章制度是院长定的。"

"这有什么。"莫天堆起一脸的不屑，"依靠这个破规矩来提升医院的档次，还是为了挣钱。买卖人我见多了，没一个好心。"

"不，"徐三慢扬起手打断了他，"是贾林想知道金贵祥和钱鼎天的准确地址，好谋划杀人计划。而且，"徐三慢进入了几天前的回忆，用那时的眼神审视着当下，"我见过凶手，还与他交过手。贾林是爱博诊所的工作人员里唯一一个与他体形相符的。第一眼看见他，我已经十分怀疑了，况且他们还有另外一处共同的特征：那个黑衣人有腋臭，贾林也有。刚才他伸手扶我的时候，我闻到了。尽管他喷了香水，但你知道，这个味儿挡不住。"说完，徐三慢像确认似的抽了下鼻子，仿佛贾林的体味仍停留在他的鼻腔里。

莫天用拳头重重地击打着徐三慢的胸膛，笑得五官抽搐："你他妈真恶心！华生，你怎么跟狗似的，还闻味儿？"然后他突然想到了什么，笑声戛然而止，面露惊诧，全身像摸了电门，急速地哆嗦起来。

"我知道了！那个罐子里放的根本不是茶叶，很可能就是埃尔、钱鼎天和金贵祥的眼睛！"

"可能吧。"徐三慢拍拍莫天的肩膀，"但是现在不是验证这个的时候。先回巡捕房查贾林的档案，以免打草惊蛇。"

"等等！"莫天又戴上了他的黑色礼帽，向徐三慢露出侧脸，故作深沉，"是我查出了爱博诊所这条重要线索，小白脸儿和三名死者之间的恩怨情仇，我福尔摩斯·莫依然能查得到。华生啊，你在我身边，要多学着点。"

莫天盯着前方，眼睛里充满刚毅与睿智的光。他发动了摩托车，摩托车疾速向前冲去，同时，他的心里又铺展开了一幅犹如电影镜头里孤胆英雄似的画面。但是随即，他就踩了刹车，狼狈地跳了下来，因为他的黑色礼帽像招招摇摇的风筝一样，被风刮到了天上。

九

徐三慢和他的特别行动组塞满了巡捕房狭窄的档案室。一抱又一抱布满尘土的档案被取下、拆开、重新复位。

每打开一份档案，就像是推开了一扇门，徐三慢进入的是一个个人生。尽管其中有些已经终结，但轨迹仍在，就像河流逝去后，河床依然维持着它的形状。徐三慢所寻找的，是贾林被时间埋没的那一部分。他又拿到了一个档案袋，这次，没有再放下。

徐三慢从贾林的学籍、户籍等资料里找到了一张收养手续。手续办理时间为十年前。收养人叫贾成江。被收养人叫李林，后改名为贾林，收养年龄是十岁。李林被收养的原因为父母双亡，这也是他十岁之前的唯一记录事件。

徐三慢陷入沉思。在档案缺失的贾林还叫李林的那段岁月里，很可能发生过什么事。而这件事跟埃尔、钱鼎天、金贵祥都有关，并且直接导致这三人被杀。大摞档案袋砸到桌面上的沉闷声音与翻看档案时发出的风吹杨树叶那样繁密的声音重新开始了。这回，一屋子人寻找的是埃尔、钱鼎天和金贵祥的档案。不过，他们只找到了埃尔的。

埃尔的档案特别厚，里面除了他的个人资料，还有他曾办理过的全部案件的简述，作为工作履历的一部分。徐三慢重点查看发生在十五年前到十年前这段时间里的案件。不觉间已变得昏黄的阳光从窗户照进档案室，空气里飘浮着无数尘埃。这些尘埃是从无数页展开的档案里浮起来的，徐三慢透过它们翻看档案，就像透过一层挥之不去的迷雾。那同时也是无法真正穿透，更无法挽回的十几年的岁月。徐三慢想到了处在时间里的像河流一样互相贯通的人。人和人总是在互相改变对方的轨迹。

线索出现了。那条徐三慢一直在苦苦寻找的暗河终于流出了地面，把埃尔、钱鼎天和金贵祥这三座毫不相关的山丘连到了一起。那是埃尔审理过的一桩谋杀案。

被告人叫胭脂，是维纳斯歌舞厅的一名舞小姐。十年前的一个雨夜，被告在某宾馆将维纳斯歌舞厅的另一名舞小姐蝴蝶掐死。被告杀人的目的是图财。在庭审过程中，尽管被告对警方的控诉坚决否认，案件也存在诸多疑点，但是由于有三名目击者出庭做证，所以法院最终判决被告杀人罪成立。枪决在当日午夜匆匆执行。三名证人分别是案发当夜在宾馆留宿的客人钱鼎天、金贵祥，以及宾馆服务员段小七。

在这则简述的结尾，记录着法庭审判结束，胭脂被行刑队拖去法场时发下的诅咒：我必变作厉鬼，惩戒有眼无珠之人。

"我必变作厉鬼，惩戒有眼无珠之人。有眼无珠，有眼无珠……"徐三慢一再重复着胭脂的诅咒，就像用网捕捉一只在他脑海里飞翔的蝴蝶。蝴蝶在天空中忽地飞高，忽地飞低，总是能从网口轻盈地掠过。忽然，网口一个翻转，将它牢牢锁在了里面。

徐三慢忽地站起身，说道："贾林很可能是胭脂的弟弟！"

"胭脂？谁啊这又是？"莫天抬起头，觉得徐三慢有些莫名其妙。接着，他低下头，继续拆手里那只档案袋。

"路上说！"徐三慢把莫天手里的档案袋揪过来，拍到桌面上，却又立即抓了起来。他的眼睛和心都被这个档案袋上用毛笔写的名字牢牢揪住了。叫这个名字的人已经不在，他的很多事情徐三慢都不知道，还有很多没有解开的谜团。这个人叫徐九歌，徐三慢叫他父亲。

徐三慢想立刻拆开这个陈旧的纸袋。但他又迟疑着，因为害怕自己触碰到的会是远远超出意料的事。他的手指在粗糙的牛皮纸袋上摩挲良久，莫天叫了他三声，他才醒过来，慢慢地解封口处缠绕着的棉线。

档案袋是空的。

那些谜团依然还是谜团。一种更为复杂的情绪涌上了徐三慢的心头。在这种说不清是失望还是放松的情绪里，徐三慢把档案袋重新封上，用棉线缠绕着封口处的扣子，一圈又一圈，缠得很慢。

莫天伸过头来，问："探长，你掉魂啦？"

"走吧，去维纳斯歌舞厅，希望那里能有胭脂的故人。"徐三慢拍了拍莫天的肩膀，又吩咐老毕带行动组去爱博医院门口蹲点，监视贾林的行踪，"别让他发现，更别让他逃跑。"

　　太阳已经落山了。夜色越来越浓，天气沉闷，徐三慢感觉自己离雨夜的真相越来越近。暗河继续向前流淌，在他的脑海里逐渐形成一个连贯的脉络。

　　如果徐三慢没有猜错，埃尔十年前审理的那桩案子应该是一桩冤案，他的误判导致自己被杀。而钱鼎天、金贵祥被杀很可能是因为他们做了伪证。至于这三人是故意为之还是无心之过，徐三慢还搞不清。不过徐三慢相信自己的判断。这桩旧案和连环杀人案的联结点除去三名受害者，还有胭脂死前的那句诅咒。准确地说，是诅咒里"有眼无珠"那四个字。

　　有人在报复。当然不会是胭脂。贾林的情况正好对得上。胭脂的案件发生在十年前，贾林被收养也是在这一年。如果真的是贾林在为胭脂复仇，那么从年龄上看，贾林应该是胭脂的弟弟。

　　之后的工作进行得很顺利。徐三慢在维纳斯歌舞厅找到了当年与胭脂一起做舞小姐的朋友。那是个身穿旗袍、妆容妖艳但衰老明显的女人，她叫牡丹，现在是维纳斯歌舞厅的领班。

　　"是的，胭脂确实有个弟弟。父母早亡，胭脂与弟弟相依为命。"牡丹抽着烟，微眯的眼角皱起明显的细纹。由于悲伤，她脸上的细纹带动着五官微微抖动。这些细纹将以几乎看得见的速度爬满她敷满粉底的脸，然后变成沟壑，最终将这张脸分崩离析。年轻已经是回忆中的事了。"但是胭脂被枪决不久，她十岁的弟弟便也溺水身亡了。"

"身亡了？"牡丹讲述的这个细节让华良脑海里的脉络顿时扎了结。如果贾林不是胭脂的弟弟，他能是谁？徐三慢觉得这会儿莫天又要冲他嚷了，"哎呀，你别想啦，让福尔摩斯·莫大侦探告诉你，是鬼魂在复仇！"但莫天并没有嚷。徐三慢歪脸看他，他斜仰在椅子上，已经睡着了。

这时，有舞厅服务员敲门进来，找牡丹处理事情。牡丹便让徐三慢先坐，起身离去。

屋子里只剩下莫天的鼻息，鼻息越来越粗重，直至演变成呼噜。昼夜不停的奔走已经把这个充满活力的小开拖得疲惫不堪。这时，徐三慢感到自己身上也涌起一股困意，像热气一样把他罩住。徐三慢闭上眼，脑海里浮现出贾林白净的脸、漆黑的雨衣和三名死者空洞的眼眶。在他模模糊糊的意识的边界，还站着一个女人，头发凌乱，心脏处在流血。"胭脂。"徐三慢轻轻地叫出了声。

徐三慢是被第二天的阳光照醒的。原本坐在椅子上的莫天已经蜷在地上，他依然在睡。距离破案期限还有最后一天，而这一天已经开始了。徐三慢朝莫天的屁股踹了两脚，莫天才开始蠕动。

当两人赶回巡捕房楼下的时候，格雷从二楼的窗户伸出头，叫他们赶紧上去。"出事了！"他急赤白脸地喊。

特别行动组的几个组员见徐三慢进屋，朝他疾步聚拢。纷乱的脚步让徐三慢意识到，空气在他睡着的时候偷偷发生了倾斜，包裹着世界朝他预计不到的方向滑去。"出什么事了？"

"探长，贾林失踪了！"最先冲过来的组员使劲挺着身子，想要站直，却不停地摇晃着，"他可能死了！"

十

"失踪了？"徐三慢诧异不已，"你们不是一直守着吗？"

莫天大骂："那老秃驴就是个黑瞎子！"

"昨天，我们的人乔装进去探查时，贾林就在办公室。毕队长带人从傍晚一直蹲点到夜里，他也没从医院出来。后来，后来，毕副组长就带着他们喝酒去了。今早上再去探查，贾林已经失踪了。可能是夜里走的……"组员没说完，徐三慢就已经夺门而出。

看到徐三慢和莫天奔进来，原本站在窗前惬意地抽雪茄的老毕忙叉起腰，边急促踱步，边训斥另外两名蹲在地上到处翻找的年轻警员："赶紧搜！一帮废物！"

徐三慢来到贾林的办公桌前，因为桌上放着一个陶瓷罐子。"这就是柜子上那只瓷罐子！"莫天大叫着端起它，华良发现下面压着一封信。莫天拿掉瓷罐的盖子，一股浓郁的福尔马林的味道涌出来，蕴含着死亡的冰冷感。他的脸凑近，再凑近。忽然，他的手哆嗦了一下，仿佛罐子里真的盘着一条蛇，正吐着信子往外窜。罐子第二次脱离了莫天的手掌，碎在地上，炸出一地药水。与此同时，五个球状物蹦蹦跳跳滚向四处。

那是五只眼睛。

原本属于埃尔、钱鼎天和金贵祥的眼睛，正赤裸着紧紧盯着屋子里的五个人。原本在踱步的老毕一只脚悬在其中一颗眼睛之上，把嘴撇到了腮边。

徐三慢拿起那封信，这是贾林写给他的。

华探长：

因您智勇双全、破案神速，贾某曾有幸在报纸上一睹兄台风采。故昨日您乔装到访贾某办公室之时，贾某就已知晓您实为探案而来。前几日在郊外意外相逢，想必也是您。如您所料，埃尔、钱鼎天、金贵祥三人确系贾某所杀。贾某亦深知自己罪孽深重，然从未想过故意隐瞒，只是事情尚未了结，不便伏法。现在，贾某便将此案之来龙去脉告知兄台。

贾某自幼父母身亡，家道中落，与家姐相依为命。为让贾某进学堂接受教育，家姐成为维纳斯歌舞厅一名舞小姐，化名胭脂。贾某以为，学业完成那天便是家姐脱离苦海之日。然不承想，就在贾某十岁那年，家姐被歹人算计，最终枉死枪下。

那个雨夜，钱鼎天与金贵祥在维纳斯歌舞厅享乐过后，分别偕舞小姐蝴蝶与家姐一起入住宾馆。由于酒醉，钱鼎天失手将蝴蝶掐死。其与金贵祥筹划阴谋，又买通法官埃尔，将家姐诬陷为杀人凶手。自此以后，三人断绝来往，以遮掩暴行。此等禽兽之举，天理难容。自那时起，贾某便发下毒誓，此生唯一主题便是手刃禽兽，报仇雪恨。贾某以为，这并非暴行，而是公正之审判。

　　家姐含冤身亡后，贾某独自在村口柴草房生活。一日在河边洗衣时意外失足落水。恰遇爱博诊所老板贾成江进村采购药材，下水将小弟救起。贾成江宅心仁厚，又膝下无子，故收贾某为子。从此小弟更换姓氏，继续学业，在养父百年后又继承其全部财产。

　　报仇计划于扩张医院后正式筹划。华探长才智过人，具体细节想必早已猜到。利用就诊单，搜集名为钱鼎天与金贵祥之人的情况，逐一排查。定准目标后，两恶人每次前来就诊，贾某都去寒暄几句。同时与法官埃尔寻机相识。贾某搞清三人生活规律后，便开始行动。既然罪孽开始于雨夜，惩罚也该在雨夜进行。贾某在三人常享乐之夜场门外等候，待其进车后，将其麻翻，开往郊区废弃厂房，报仇雪恨。既然家姐称其有眼无珠，贾某便取下其眼珠，让其做鬼都身陷黑暗炼狱。现在五颗眼珠奉上。金贵祥眼睛还剩一颗未取，是唯一遗憾。

　　尚未了结之事便是贾某本人。贾某常心生疑惑，感觉自己早已死于十年之前，是老天为了贾某遗愿，惩处恶人，开恩赏赐诸多时间。贾某遂像鬼魂一般苟活于世。如今大仇已报，也该是归去与父母、家姐、养父团聚之时。当华探长您看到这封信时，贾某已经与家人在阴间共享天伦。贾某也会在那边祝愿华探长顺心平安。

再会！

贾林

贾林竟然选择了死。

徐三慢的思维在飞转。贾林会选择什么样的死法？只有看见尸体才能说明他是真的死了，但是他的尸体在哪里？

莫天和老毕在徐三慢身旁争论着。他们翻出了一个笔记本，笔记本里密密麻麻记满了叫"钱鼎天"和"金贵祥"这两个名字的患者的年龄、工作和地址。此外，还有两张纸条夹在里面，正是被贾林杀害的钱鼎天和金贵祥的就诊单。老毕把贾林的杀人得手归为幸运和报应，莫天则称这应该是功夫不负有心人。他搬出了福尔摩斯说过的话，"世界上不存在偶然的事。"接着他又把"功夫不负有心人"这一点归到了自己身上，然后掏出烟斗叼上，再一次朗诵福尔摩斯的名言：

"有人说，天才就是没有尽头地锻炼吃苦耐劳的生存能力。或许，这种说法并不准确，但正适用于侦破工作。"

"天才，你去把贾林的尸体找出来。"

老毕和莫天两手叉腰，四目相对，一人含雪茄，一人叼烟斗，喋喋不休，互不相让，营造出一股案件查清后的松懈氛围。但是这氛围并没将徐三慢收拢其中。徐三慢的心仍然在发紧，有一双看不见的手正在他的心脏上拧螺丝。

徐三慢又看了一遍信，依然无从判断这是一封真正的遗书还是畏罪潜逃的阴谋。暗河从十年前的雨夜流到现在，在勾画出所有脉络之后却又出现了分岔。究竟哪条才是真正的流向，哪里才是河流的终点，他不能确定。他的心头忽然亮了一下，就像深夜里照来船灯。他对莫天和老毕说："去周边有水的地方，池塘、河流，一处都不能放过。"

在侦查的第三处地方，他们找到了贾林的尸体。

那是一处近郊的水塘，四野无人，芦苇丛生。跑在最前面的莫天站在水边，不停地跳着脚，手不停地往里戳着："看，狗尾巴草！"

徐三慢沿莫天晃动的手臂望过去，看到了贾林的绿色西装——贾林的一部分身体露出水面，几只野鸟在上面蹦来蹦去，仿佛是一座缩小了很多倍的无人知晓的岛屿。

"这小白脸肯定不会知道自己能变得这么恶心！"莫天别过脸，不再看被打捞上来的贾林尸体。贾林已经全身鼓胀，衬衣和西装上的扣子都崩了。他的脸则被鱼和野鸟吃得面目全非，两只眼睛全被啄了出来，血呼呼的不成样子。老毕抽着烟，往贾林的尸体上吐了口痰，"呸，还'噬眼狂魔'呢，自己的眼睛都没了。"说完从喉咙里发出一阵怪异的尖笑。

莫天问徐三慢："探长，你是怎么知道他会投水自杀的？"

"上面写了。"徐三慢朝他晃了晃贾林的遗书。莫天把遗书揪过去，正面看完反面看，反面看完涂上口水看。之后又掏出火柴来烘烤一番，最后烦躁地丢回给徐三慢，"写个鸟！"

老毕过来要看，被莫天推了出去："我福尔摩斯·莫都看不见的东西，你个黑瞎子能看见？"

"你还说我，你看不见是因为戴着一副拳头形的墨镜！"老毕呛他一句。

徐三慢撇嘴一笑："信上都写了，胭脂死后不久，贾林也差点溺水身亡，是贾成江救了他，给了他第二次生命。贾林还说，总感觉自己已经在那次事故中身亡，是老天爷赐予他报仇的时间。报完仇，他的使命就结束了，就该回去了。所以我猜测，如果他想自杀，很可能会选择溺水的方式。"

莫天得意地晃起了头："嗨，你又是猜的啊！我就知道，你只会猜。改天，等我福尔摩斯·莫闲下来，亲授予你基本演绎法。"

"好啊。"徐三慢笑着应和，但是他的眼睛并没有笑。他望向四野，不是在眺望风景，而是在搜寻着什么。贴水面吹来的风夹带着一股凉意和腥味，又让他想起了裹在漆黑雨衣里的贾林。他凶猛而决绝，像一只没有退路只有猎物的兽。

徐三慢徐徐地吸了一口气。这可能不是河流的终点，案子还没有了结。

十一

公董局门口被各报刊记者堵得水泄不通。他们把采访本窝成扩音器的形状，不停呐喊，一再声明民众对案件进展的知情权。照相机不时腾起烟雾，捕捉着从镜头里闪过的警察的背影。他们已经打好了腹稿，内容依然是对警方破案效率低下的严厉批判。

莫天也等不及了，不时往格雷的办公室瞅一眼。他站在特别行动组的中间，大叉着腿，讲述着自己的火眼金睛："那小子啊，戴个小金丝眼镜，柔弱得跟娘们似的。但是第一眼我就确定，他就是'噬眼狂魔'！"

老毕坐在椅子上晃腿，满脸不屑："要不是我及时带人去怡红楼找线索，不仅案子破不了，你还得被人打死！大家快看看他这副墨镜！"

每个人都在欢快中等待格雷公布案件结果。但格雷办公室的门迟迟没有打开。格雷和这扇木门中间隔着徐三慢，他拦截了两者的相会。

格雷大惑不解，向徐三慢不停摇动着贾林的遗书和验尸官对其尸体的鉴定结果："贾林都招了，案子已经破了。凶手畏罪自杀。记者都在下面骂娘了！"

"处长，事情恐怕没有您想的那么简单。"徐三慢依然

嗜瞳

在坚持。

格雷把手里的两张纸重重地拍在办公桌上，朝徐三慢大吼："今天就是最后的期限！"

"那您就给我这一天，我会在明天天亮之前破案。"徐三慢的眼神像黑夜一样固执。格雷不止一次见过这样的眼神，每次都是自己宣告妥协，因为他对对方充满信任，而对方也未曾让他失望。前阵子，这个人忽然消失了。面前这个人却又忽然地出现，一样的相貌，一样的优秀，就像为他格雷、为法租界中央巡捕房，甚至整个上海滩专门填补这个空缺似的。格雷问徐三慢，调查案件的过程中，有没有关于华良的线索。徐三慢摇了摇头，"没有。"这让格雷又陷入了忧虑。

"不过如果处长您答应了我，我可以在本案了结之后，继续假扮您的部下，直到他回来。"

格雷没有再开口，紧紧地盯住徐三慢，表情复杂。然后他坐回到椅子上，叹了口气，摇摇手，让徐三慢出去。

徐三慢从格雷办公室出来时，并没有理会急不可耐涌过来的莫天、老毕以及特别行动组的其他成员，而是把视线停在了角落。

角落里站着一个先前并不在的小伙计。

小伙计手里提着食盒，穿一件松垮的灰色布扣衫，戴一顶打了补丁的灰布帽，显得特别突兀。这种突兀等同于旧布衫、破布帽和他那双灵动的眼睛之间形成的对比。看到徐三慢，这双眼睛里的光便更加夺目，水一样流泻而出。

　　　　　　　　　　　　　　　神探华良系列

"华探长，您要的外卖。"他低声说。

徐三慢在他身边的椅子上坐下。伙计打开食盒，从里面拿出一张葱油饼递给他。走之前，他用探寻的眼神盯着徐三慢。徐三慢吃着已经发凉的葱油饼，并不看他，用手指出了一个方向。

"别吃了，记者都等着呐！"莫天过来，把徐三慢一把揪起，"腹稿我都打好了，让那群迂腐的文人听听我福尔摩斯·莫是如何用智慧和勇敢破案的。赶紧把这臭饼扔了，回头我请你去和平饭店。"

徐三慢笑了笑，没说话。他往门外走去，莫天紧随其后。但下楼后，徐三慢并没往大门的方向走。莫天急了，跑上去摁住他的肩膀，乌青的眼睛里不乏祈求的光，"华生，案子已经破了，你还折腾什么？"

徐三慢又朝他笑了笑，说："案子还没破。要不要跟我去停尸房转转？"

莫天连连摆手，面容痛苦："那地儿我他妈再也不去了。"

徐三慢走进停尸房，一个人影闪了出来。是先前那个送外卖的瘦削的小伙计。徐三慢吃完最后一口葱油饼，拍了拍手，露齿一笑："身手不错嘛，值班人员都没发现你。"

小伙计指指门外。徐三慢让他放心，他已经把他们都撤走了。小伙计长舒一口气，粲然一笑。随着他摘帽子的手垂下来，一缕弯曲的黑瀑布倾泻而下。"莫天那个呆子还真是没有察觉。"她说。

看着高婕，一股类似于春天的亲切感在徐三慢心头升起，但关于这个，他什么也没有说。他指了指旁边的一具尸体，那是贾林的尸体，"开始吧。"

高婕蹲下身，利落地打开食盒，摘出第一层木板。下面装着的，是那一套让莫天心有余悸的寒光凛凛的解剖工具。

高婕把缝合好的皮肤重新割开。解剖的过程中，她专注的神情和利落的动作让徐三慢一再去想象她小时候的样子。在课堂里她一定也是如此，专注、干练、倔强。

解剖结果和巡捕房验尸官的结果完全一致，贾林确实是溺水而亡。但是高婕看上去又充满了疑惑，她抿着嘴，手插进裤兜，缓慢地踱步。

"有什么不对的地方？"徐三慢问。

"贾林是跳进水塘溺水而死，按理说，他的肺里除了水，还会吸进一些水塘的杂物，诸如水草浮萍泥沙之类。但是，他的肺里只有清水。就是说……"

"就是说贾林是先被人在别处溺死，又被扔进了水塘。"

"很可能是这样，就是这样！"高婕说，"可是什么人杀了贾林呢？难道说还有幕后的黑手？"

"法医的职责是从尸体上寻找突破口，至于有没有幕后黑手，以及抓住这个幕后黑手，那就是我们侦探的职责了。"徐三慢朝高婕笑了笑，走出门去。

"你去哪儿？"

"去破案。"

徐三慢的身影拐出房门便不见了，走廊里的脚步声也很快消失，但高婕依然望着门口，仿佛徐三慢离去时的瞬间依然驻留在那里。然后高婕对着空气笑了一下，又慌忙抿起嘴，仿佛怕被驻留在那里的透明的影子看见似的。

徐三慢独自去维纳斯歌舞厅找牡丹。他不太喜欢那个妆容浓艳的女人，可是想要知道贾林更多的事，别无他法。途中，他看着从他面前像河流一样交错着伸向前方的电车轨道，怀疑牡丹是那个幕后黑手。贾林并不是胭脂的弟弟，胭脂也从来没有过弟弟。想为胭脂报仇的其实是牡丹，贾林只是听她派遣的一只手。自己的到访让牡丹警觉起来，于是她杀死贾林，他的身世和自杀的假象都是她伪造的。但是他很快又否决了这个想法，因为作为一个年轻有为的男人、救死扶伤的院长，他没有任何理由受一个半老徐娘的指挥，接连杀死三个人。

牡丹依然一根接一根地抽烟，在火光明灭中寻思贾林的琐事。她并没有见过贾林，贾林的事情都是胭脂讲给她听的，本来就都是随意一说，十年过去，几乎消磨殆尽。

"胭脂说过他弟小时候扎着个小辫子。""他非常聪明，两岁就会唱儿歌。""他们姐弟俩关系特别好，尽管他年纪小，但总是时时保护姐姐。""有次胭脂被恶狗追，他冲过去打，被狗从腿上咬下一块肉来，一声都不吭……"

"咬的哪只腿？"

"什么？噢，那我可不知道。"处在回忆中的牡丹冷不丁被徐三慢一问，满脸茫然。回忆的锁链也就此断掉，再也想不出任何事。她用手撑着额头，陷入了久远的悲伤里。

徐三慢起身告辞。当他回到停尸房的时候，先四处望了望。但是高婕并没有像一个钟头前那样，从某处角落里蹦出来。他在失落中掀开了贾林身上的白布，视线在两条肿胀的腿上逐一掠过。

没有疤痕。

被狗咬下一块肉，却没留下一点疤痕，谁也没有如此强大的修复机制。徐三慢眼睛里的光清晰了起来。他盖上尸体，奔向档案室。出来的时候，他手里多了一份档案。这份档案是前日他找出来并特意压到镇纸下面的。他把莫天和老毕叫了过来："叫上全部组员，出发去宏福珠宝店，凶手就在那里。"

宏福珠宝店就是那份档案上记录的地址中的一个。

暮色四合，珠宝店里已经拉起电灯。站在灯下擦柜台的伙计叫阿达，莫天曾在这里给母亲买过一串珍珠项链，所以认识他。按照徐三慢的吩咐，莫天让阿达把老板叫出来，阿达便走进了里间。这时，莫天把枪窝进袖口，徐三慢把刀别在身后。

莫天轻声问徐三慢："你刚才拿的是谁的档案？""段小七。""段小七是谁？""你也见过的。"

透过柜台里面的那扇小门，徐三慢看到一个高挑瘦削的身影往店里走，同时像所有买卖人那样发出故作和善的

70

笑声。通过轮廓，可以知道他穿的是长衫。再往前走，当破碎昏暗的灯光触到他的时候，徐三慢看见了他的长胡须。他穿过小门，毫无遮挡地走到了电灯下，走到了徐三慢和莫天的面前。这时，他堆满笑容的五官就炸开了。他跃过柜台，奔向门外。

阿达吓得脸色蜡黄。徐三慢和莫天没有追，两人相视而笑。他们转过身去，边看着那个奋力奔逃的身影，边向外走。

突然出现的一队人如同绳索，把那个慌张的身影绊倒在地，然后不断往上面聚拢。当徐三慢和莫天走过去的时候，老毕正用一只脚踩着他的头，叉着腰，不停地抖腿。徐三慢蹲下身，看着那张青筋迸起，眼球血红的脸，笑了笑，伸手撕下了那缕尚粘连着一点皮肤的假胡须。

"真遗憾，贾院长，您还没能和家人团聚。"

贾林看着徐三慢，斜起嘴角，苦涩一笑："华探长，还是没能骗过你。"

十二

按照徐三慢的吩咐，贾林已经被老毕他们先行用汽车拉走了。夜已经开始，徐三慢和莫天在汽车车轮带起来的浮尘中前行。徐三慢享受着没有目的地的每一步。

莫天搞不懂贾林为何死而复生，摇身一变成为宏福珠宝店的老板。如果贾林的死是障眼法，那么他发现的那具尸体又是谁？他心里毫无头绪，就像脚下的这条道路，在各种铺面、舞厅照射出来的复杂灯光里，裹满纷乱的如同迷雾的尘土。

　　"那具尸体就是段小七。"徐三慢跟莫天说。十年前的那件案子中，段小七被钱鼎天收买，做了证人。贾林是绝对不会在段小七还活着的情况下选择自杀的。

　　"好一招金蝉脱壳啊，"莫天感叹道，"顺便把仇也给报了。但是还是被我福尔摩斯·莫给擒住了。"

　　看完贾林的遗书的时候，徐三慢已经心生疑惑，贾林为何单单不提宾馆的那个服务生？在此之前，段小七的档案他已经看过。段小七十五岁随父母从嘉兴到上海讨生活。父母先后饿死在半路上。到上海后，他先在宾馆当了七年服务生，然后突然辞职，成了宏福珠宝店的店员。后来高婕对那具从水塘里打捞出来的尸体进行了解剖，谋杀的结论让他想起这条线索。而当他并没从尸体腿上找到疤痕的时候，就猜得八九不离十了。徐三慢又看了一遍段小七的档案，他工作的宏福珠宝店的老板叫林西贝。西贝为贾，林贾为贾林的倒用。至此，所有疑云一散而尽。

　　"这桩血案之所以发生，就是因为缺乏一个以伸张正义为己任的好警探呐！"莫天长叹了一口气，"幸好，我福尔摩斯·莫来了，上海滩绝不会再有冤案。"

　　贾林也是跟徐三慢这么说的。

格雷给总领事那边汇报完侦破结果以后，关在中央巡捕房拘留所的贾林便被带到马斯南路监狱，实施了枪决。徐三慢站在楼下等贾林，他被几名巡捕押下来，平静的表情里透出一种空旷的凄凉。在短暂的停留中，贾林对徐三慢说，如果家姐的案子由他来办，绝对不会是现在的结果。

　　"可能我是罪该万死，但我只是在给恶人应有的审判。冤案数不胜数，任上的人却只想着勾结各方，大发横财。华探长，你要保住警探的本色，上海这个龌龊之地最缺的就是正义。"

　　贾林被带走不久，就下起雨来。起初是淅淅沥沥地下，后来雷声阵阵，大雨滂沱，毫无停下的迹象，就像人在无法挽回的事情前徒劳地大哭。

　　窗外如注的大雨一直在徐三慢心里回响。和雨声一起的还有贾林的话。哪怕他周围全是欢声笑语，所有人都争着与他碰杯，雨声和话语也不能被覆盖。

　　这是格雷专门给徐三慢开的庆功会。席间，格雷对徐三慢说的那些赞扬和鼓励的话兼具承诺提醒的作用。尽管先前继续充当华良的承诺是徐三慢自己主动提的，然而仍属于交易的属性。现在，徐三慢有了主动的意愿。

　　父亲的遗嘱言犹在耳，但是父亲空荡荡的档案更加醒目，和贾林的话一样，在徐三慢脑海里反复出现。父亲的事他一定要调查清楚。而恐怕只有探长的位置才能让他得偿所愿。大雨仿佛把时间覆盖住了，在这短暂的永恒里，所有人都喝得东倒西歪，老毕和莫天甚至抱到了一起。徐三慢跟格雷碰了一杯酒，说："我会的。"格雷郑重地点了下头，从口袋里掏出了一把钥匙和一张纸。纸上写着"海格路 0226 号"，那把钥匙曾放在这个地址的门框上。这是华良的寓所，也是他徐三慢的第三个家。

徐三慢走到街上，看到了新一天的太阳。阳光并不耀眼，更没有让人烦躁的针刺感，照在徐三慢的眼睛、身体、茂密的法桐树叶、缓缓前行的电车和路面的水迹上的时候，更像是柔和的涂抹。它的存在似乎只是在向徐三慢传达黑夜已逝，暴雨已逝，他所处的是一个无比崭新亮丽的世界。

携带着好消息的报童奔过徐三慢身边，奔过其他行人，每个人都快慰地笑了起来。看到那些笑容，徐三慢也笑了。他喜欢微笑的人，喜欢晴朗的天。这些，所有人都喜欢，而他可以给予人们这些。那么，自己是谁又有何所谓呢？

他看到前面不远处的生煎铺外，高婕和莫天正在嬉闹。高婕指指莫天的美军水壶，说那天在停尸房，她往里边放了尸油，接着莫天就把水吐了高婕一身。

徐三慢喜欢这两个年轻的朋友。他向他们走去。

同时，他握了握口袋里的雕刻刀和格雷给他的那把钥匙。他对自己说："从此以后，你就是华良。你的使命不再是雕萝卜。"

仙女煞

一

闭起双目，华良就感到无数条河流蜿蜒而来。

河流来自黑暗的地带，裹挟着鲜血的腥味，从各个方向朝培远路上的皇后舞厅奔涌。越过台阶，摧毁墙壁，它们冲击出了华良脚下的高台。

华良站在舞厅中央的高台上，被河流虚幻的呜咽和泡沫破碎的声音包裹住。这种感觉，就像独自置身于世界尽头的孤岛之中，是一种深深的隔离。而那些涌动着的河流，只有一条是真实的。华良要做的，就是把它揪出来。但当他睁开眼，河流也会在同时隐没。留下的，是那些被冲击得横七竖八的空座椅和铜鼓长号，以及散不去的血腥味。

夜风顺着大开的门往里灌，把铺满舞台的红色玫瑰花瓣吹起来后，在华良背上凝成一层细密的鸡皮疙瘩。有一些花瓣并没有随风而起，因为它们被冷稠的血牢牢地粘在了地板上。尸体已经被验尸官抬走了，其在舞台灯下的阴影仍滞留着，把空气变得沉甸甸的。

就在一个钟头以前，皇后舞厅还是全上海滩最热闹的地方。备受瞩目的新一届"花国大选"的颁奖典礼正是在这里举行。因而，天还没黑，培远路就被人群和汽车堵得水泄不通。纸花漫天，呼喊如潮，俨然是一场热情奔放的游行。皇后舞厅里则裹满了亨牌雪茄的香气和西洋管弦的乐曲。光雾迷幻，全上海的名流坐在其中，观赏着中外舞女们的演出。然而他们并不知足，因为这些绚烂如鱼、妩媚如鸟的舞女都只是过场，都是那个最美女人的陪衬。

　　她叫冷玉，是这届大选的"花国总理"。作为法租界中央巡捕房探长，华良负责维持大选现场的秩序，从街头到舞台，见识了这个女人的魅力。

　　如果女人是一种鸟，那么她无疑是这个镜中花园里最为丰满靓丽的一只，然而华良不能把她具体归类。她可以是信天翁，尽显温婉；也可以是蓝孔雀，霸气毕现；还可以是画眉，灵巧婉转。当华良坐着篷布警车跟随她的敞篷轿车穿行在无边人海和漫天彩纸中的时候，他想，这个女人漂亮得可怕，也聪明得可怕。而最漂亮最聪明的女人的人生，往往不是最成功，就是最凄惨的。今晚，她坐在扎满粉色牡丹和红色玫瑰的花车里，被抬上了众人瞩目的舞台。一个钟头前，主持人掀开帷帐，揭晓了她人生的答案。

　　"女士们，先生们——车里坐着的就是黄浦江哺育出的最美花朵——本届'花国总理'——比花花解语，比玉玉生香的——冷玉小姐！"

身穿燕尾服、颈扎黑领结的光头主持人高高地扬起手臂，拖着长音振奋着观众，"冷玉小姐用她的容颜和才艺——为美丽下了新的定义！下面——让我们用热烈的掌声——请冷玉小姐为大家高歌一曲！"

掌声如潮，观众席前的乐队开始演奏《夜来香》。席间的一个法国小伙子站起身，缓缓摇动起他心爱的摄影机，试图把冷玉的绝美容颜永远留存。然而他并未如愿。直到胶片拍完时，冷玉也没有迈出一只脚。

光头主持人带着小丑般滑稽惊讶的表情，蹦跳到花车前，面对席下，笑脸发声，"我想，冷玉小姐——是希望我们的掌声——更猛烈一些。来吧！鼓起掌来！有请冷玉小姐为我们演唱一首——《夜来香》！"

乐队重新开始演奏，法国小伙子换上了新一卷胶片。通过摄影机取景器，法国小伙子看到光头主持人的手搭上了花车白洁的真丝帷幕。帷幕缓缓掀动，主持人又向台下露出故作惊讶的表情。当帷幕完全被掀开时，他非常不理解台下的几百个下巴为何一下子掉了下去，让那些咧开的嘴角变成一个又一个惊恐的黑洞。

光头主持人转过头，弯着腰往花车里瞅，陡然停住，又一屁股墩到了舞台上，随即剧烈抽搐，开始不停地干呕。

最终印在摄影机黑白胶片上的，不是冷玉仪态万方的坐姿，而是一具衣衫不整的尸体。尸体血肉模糊的背格外刺眼，犹如倒在雪上的墨。

二

眨眼之间，皇后舞厅就变成了在烈风中不停晃动的蜂窝。

仿佛引爆了炸弹，所有人大叫着往外跑，一跌跌一片。光头主持人像一只虚弱的蛤蟆，爬动着坠下舞台。座椅、乐器被撞得东倒西歪，在人们的耳膜上划出尖刺的伤痕。

"去守舞厅门口！拦住抬花车那四个人！"华良推挤着人群往舞台上跑，同时指示莫天和老毕。他飞跨到台子上，像闯进了一阵血雾之中，被浓重的腥味包裹住。

冷玉趴在花车里，头上的黄金桂冠跌在一旁。如果人有灵魂，那么悬浮在血腥空气中的她一定会为自己从未有过的丑陋姿态感到羞耻。她的鼻子和嘴都狰狞地歪着，眼睛大睁。失去了声息，她精心盘过的黑亮的头发已经干得像一把枯草。鸵鸟绒钩边的玫红色晚礼服被撕扯到她的腰部，像死金鱼的尾巴乱糟糟地窝着。她背部光洁的皮肤分明是被割走了，边缘处呈现着扎眼的高度差，上面淤着一层红色的血和黄色的组织液。此外，她的胳膊和腿全断了，关节反向扭曲，渗着血，白色的右小腿骨戳出了皮肤。

时间从此刻倒退到三十分钟以前，华良去后台做最后一次巡视，看到的是一张与现在截然不同的脸。当时冷玉正扶着头顶的桂冠，俯身去闻花车上的玫瑰。华良不喜欢她妖艳的妆容，但无法否认这是一张绝美的脸。她的鼻子小巧笔直，睫毛长得像蝴蝶翅膀。而此时的冷玉犹如一个被人踩变了形的玩偶，那双光彩褪去后的眼睛盯着的是她生前极力夺取的黄金桂冠。华良捡起它，他清晰地记得，桂冠是一个叫阿眉的姑娘给冷玉戴上的。从大选第一天开始，阿眉就一直跟随冷玉，负责给她换衣补妆。

华良奔进更衣室，地上扔满了华丽的服饰。这些服饰都是冷玉在竞选中穿过的，原本套在人形的木质衣架上，整齐地排成一列。衣架被撞倒在地，衣服上遗留着凌乱的脚印和血液，仿佛集体死亡的现场。

然而阿眉消失了。她没躺在这些服饰中间，也没藏在衣柜或墙角。凉意像蛇一样爬上华良的后背，让他不由得倒吸了一口气。在这起突如其来的谋杀中，恐怕阿眉也充当了重要的角色。演出服上的那些脚印里，有一对比其他脚印短五厘米左右，那无疑是阿眉留下的。他们究竟是谁？是什么样的原因推动他们以极其残忍的方式杀掉一个绝美的女人？关于杀人动机，莫天和老毕显然已经有了自己的判断，他们争吵并推搡着来到华良身后，像一对炸了毛的斗鸡。

"显而易见，凶手杀人的目的就是夺取冷玉背上的皮，因为那上面一定有什么重要的东西。而据我推断，应该就是传说中的藏宝图。"莫天把烟斗叼到嘴上，用力皱起眉头，摆出沉思的脸谱。

老毕啧啧地笑着，"藏宝图？莫大少，跟我相比，你缺少了鹰一样敏锐的眼睛，不适合做侦探。这几天冷玉常穿露背的服装演出，她的背白如凝脂，连一颗芝麻痣都没有。"老毕微眯起眼睛，回味了一把已经脱离冷玉身体的白嫩肌肤，然后冲莫天发出几声尖刺的笑，"不过，你还是有点想象力的。所以我建议你去写小人书，哄孩子开心。"

　　"你懂个屁呀，土老帽！"莫天吐痰似的吐出一口浓烟，"那是隐形藏宝图，用奇特的颜料绘制。只有刷上一层特殊的油，再放到火上烘烤，方能显现。"

　　老毕笑得露出了满口的黄牙："你这是查案，还是做下酒菜啊？依我半辈子的断案经验来看，这显然是一次嫉妒引起的谋杀，每个没能折桂的参赛小姐都是本案的嫌疑人。"

　　"两位神探，"华良干咳一声，"那四个抬花车的人呢？"

　　"跑了，"莫天在纷乱的烟雾中摊摊手，"据舞厅门口的印度阿三讲，那四个人放下花车后，就离开了舞厅。从放下花车到发现尸体，得有十几分钟的间隔，根本没法找。"

　　"抬花车的四名男子是皇后舞厅为了'花国大选'临时聘请的服务人员，录用档案上填的都是圣约翰大学的学生，没有留下证件照。还有一个叫阿眉的姑娘，随四人一起报的名，填的身份也都一样。我已经给圣约翰大学教务处打过电话，确认学校并没有这五个学生。"老毕手插板带，颇为得意地挺起胸脯，"所以，这就很清楚啦，凶手绝不会是他们以外的人。"

"去给验尸官打个电话。"华良低头跟二人说。他像机警的猎犬，追随着服饰上的脚印和血痕而去，最终到达通向舞厅后门的紧急楼梯。过程里，他仿佛看到冷玉透明的影子穿过他向前奔逃，并在他身体里留下了清晰的痛感，包含着急迫的求救、凄厉的哭喊和奔涌的泪水。但是这些，无不被舞厅里的欢呼和演奏所掩盖。紧接着穿过华良而过的是五个凶悍的影子。冷玉一定不会知道，当她闭上眼俯身闻花，露珠滚落到睫毛的时候，那里面映着的是五张阴狠的脸。

在紧急楼梯的木质扶手上，遗留着几道指甲划下的新抓痕。华良看得到那只手是如何竭力地扒着扶手，又是如何被皮鞋底蛮横地踩踏。他从楼梯中间的回形空洞望下去，感到一阵眩晕。在他晃动而模糊的视野里，充斥着冷玉坠落中惊恐的脸和徒劳挥舞的手臂。在后门前的水门汀地面上，她的血像花一样绽开。华良沿楼梯奔下来的时候，地上的血已经不再流淌，浓稠得像油漆，上面沾着几十只奋力挥翅试图逃脱的苍蝇。

法医的鉴定跟华良的推断完全一致。冷玉是坠楼身亡，致命伤在颅脑。坠楼处除了血泊，法医还发现了另外两种血迹，一种是血液滴落时留下的滴溅状血迹，一种是挥动带血物体时留下的抛甩状血迹。

"割皮也是在这里进行的?"华良蹲在地上，盯着血迹。五只沾满血的手在他眼前朝冷玉的后背挥动尖刀。"皮肤被割下后，有血液从上面滴落。他们甩动手里的刀，留下了这些弧形的血线。"

"没错。"法医干脆地点了点头。

楼梯上的那些血迹也是滴溅血迹。也就是说，他们割完皮，又把冷玉的尸体抬回四楼更衣室，放进了停在那里的花车。接着，他们把花车抬上舞台，然后逃之夭夭。随着作案过程在脑海里变得完整，一股悲凉和沮丧也爬上了华良的心头。他叹了口气，苦涩一笑，"命案发生的时候，我就在皇后舞厅，却是和所有人一样，一无所知。"

在短暂的沉默里，华良又想吃葱油饼了，也想见高婕。两者都能让他感到温暖和冷静，却都不在。然后他回归到案件的迷雾中，反复思索。有人想让冷玉死，冷玉也因此坠楼身亡，他们为什么还要割走她的皮？

"藏宝图啊！我福尔摩斯·莫早就说过啦！"莫天站在一旁，冲华良晃着烟斗，一脸谆谆教导的神情。

三

华良坐在冷玉暖香阁的房间里，注视着一个叫馨月的女人。那包裹着他并被他吸进肺里的浓郁的胭脂香，是冷玉在数年精心打扮的过程里积留下来的，宛如一朵阴云蛰伏在空气中。精致的檀木小圆桌那头，阴云正浸染着女人涂满残妆和冷泪的脸。她颤抖着叹了一口很长的气，道："冷玉姐是一个热心肠。"

华良问这个叫馨月的女人，除了暖香阁里的姐妹，冷玉还有没有其他朋友？她撇了下嘴，低下头摇了摇："除了我们，就剩下逢场作戏了，找她的男人是数不清的。"华良又问，冷玉的客人里，有没有跟她格外亲密或发生过冲突的？馨月听后，愣了一下。她像是想到了什么，又马上连连否定，"不会的，不会是他。因为他没必要。"

"谁？"

"一个客人。一个奇怪的男人。"

"奇怪的男人？"

这时，木门微微摇动，从门缝间挤进了一束光线。华良向馨月倾倾身子，盯着那双黯淡的眼睛："怎么个奇怪法？"

馨月所说的男人是一个身份不明、瘦削矮小的男人。他每次来都是一模一样的打扮，灰西装，黑礼帽，以及盖住眼睛的茶色墨镜。除了冷玉，他从未开口跟暖香阁里的其他姑娘搭过话，也不理会她们的搭讪，每次都目不斜视，直奔这间屋子而来。而他一进门，冷玉就立刻把帘子放下。为此，暖香阁的姑娘们常跟冷玉开玩笑，说这是从她老家找来的娃娃亲，俩人最喜欢在床底下私会，就像两只神秘的老鼠。

"他好像很怕被认出来，总是刻意把帽檐拉到最低，又戴着墨镜，只能看到颧骨以下那部分。"馨月斜盯着桌面，仿佛还在猜测着他的样子。

"你为什么说他没必要杀冷玉？"

"纵然他有些古怪，但绝不是个杀气腾腾的男人，相反，看上去还挺白净清秀的。而且冷玉姐只不过是跟他吵了一架而已。被她数落过的男人可不在少数，冷玉姐越骂，他们还越开心，男人都是贱骨头。"意识到自己说错了话，馨月慌张起来，"您别误会，华探长，我的意思是，他绝不至于因此对冷玉姐动杀心⋯"

华良摇摇手，继续追问："他们为什么吵？"

"好像是那男的不同意冷玉姐参加竞选，随后冷玉姐就跟他吵了起来。就在'花国大选'开始的前一夜，我们都跑到窗外面听。那男人的声音倒是低得几乎听不到，都是冷玉姐在发脾气。"

这时，一个在门外驻留已久的戴礼帽的男子忽然推开了房门。与他一起涌进来的是明晃晃的阳光。华良用嘴角抽了口气，抬起手臂，不安地挠头。来人带着股拨云见日的气势，又开始了他的神探表演时间。

首先，他否定了自己先前关于"藏宝图"的推断。他声明天才难免会在自己迸发的种种灵感之间暂时迷失，这不是错误，而是智慧足够剧烈和深邃的表现。但是天才就是天才，终究会找寻到正确的方向。然后他抛出了那个"正确方向"：那个奇怪的小个子男人就是杀害冷玉的凶手。通过馨月的描述，可以断定这是个沉默内向、充满阴柔之气的男人，而这样的男人心胸狭窄，嫉妒心极强。所以他无法容忍冷玉抛头露面，冲全上海的男人展露姿色。而冷玉却执意如此，还竟得了花国的头牌，这预示着她随时会嫁给一个比他有钱有势的男人。既然自己得不到，索性就杀了她。他最喜欢冷玉粉嫩柔滑的背，索性割下来做了纪念品。

一口气说完这些，莫天为自己的智慧而沉醉。他不顾馨月脸上的惶恐，走到墙边，展开双臂，做出一个往墙上悬挂镜框的姿势："我那个守财奴老爹迷恋新疆的风光，可又不舍上海的家业，从新疆回来时，带了一幅沾满沙粒的挂毯。他把它挂在书房的墙上，日日瞻仰。你们信不信，那小子现在就在家里干这事儿呐，晓得吧？"

"福尔摩斯·莫，我们该回去了。"华良站起身，朝门外走去。

回到巡捕房时，华良看到一个枯瘦的中年男子坐在他的座位上，浓重烟雾笼罩着他，满脸焦虑。男子看见华良，当即露出了火急火燎的神色。华良也即刻明白，这个朝自己跑过来的陌生男子等的是另外一个人。

老毕端着水杯及时经过，冲华良耳朵低声说："这是副督军王博仁，对你非常器重。"然后他露出了幸灾乐祸的笑，"华探长，您运气真好，大案子是一个接一个呀。"

"王督军，您……""跟我走！"王博仁用炝满烟焦油味儿的手封住华良的嘴，推着他出了办公室，"你嫂子失踪了！就两个钟头以前！"王博仁的十指深深扣进了华良的肉里。

"我嫂子？"

"就是我半年前刚娶的花醉蝶啊，婚礼你还去喝过酒的！"王博仁瞪着华良，急促地说道，"我的督军府有两重守卫，可她就是从我眼皮子底下被人掳走了！你得给我毫发无损地找回来！赶紧跟我走！"

"等等我！"莫天抓着他的礼帽跑了出来，"王督军，我是华探长的助手，我也是个优秀的侦探！"

两个钟头以前，下午三点钟的太阳被厚重的布帘挡在督军府外面。王博仁赤膊趴在卧室的床上，享受着玫瑰精油的芳香和花醉蝶柔软灵动的手。他感觉自己仿佛是阳光下的一粒谷子，正在甜暖的眩晕中不断鼓胀。花醉蝶年轻丰满的胴体外面，只罩着一件真丝睡袍。她的手在王博仁的脊背上游走，气息在他耳根处萦绕，哪一下都能直接伸进他的体腔里。

王博仁想把花醉蝶摁进自己的胸膛，但她像鱼一样滑走，游进了浴室。然后王博仁听到了清凉的水声。他知道，那条芬芳的美人鱼现在正在浴缸里游动，所以他的胸膛热得像跳动在床头柜上的烛火。他斜侧过身，拿起烟枪，烟葫芦对准烛火，用力吸了一口。在腾起的深青色的烟雾里，他觉得一切都对了。他又吸了几口，然后满意地翻仰在床上，觉得自己像大地，无限辽阔地延展，再延展……突如其来一声炸响，他脑海里的画面顷刻间山崩地裂。

响声来自浴室，听上去像巨石坠进了黄浦江。他的美人鱼多半已经死了，王博仁不禁这样想。他很清楚，想让自己死的人多得数不清。他的胸膛开始撕扯，出现了一道道流血的裂痕。

王博仁从枕头底下抽出手枪，轻步走到浴室旁。混着玫瑰花瓣的水从门缝里流出来，漫上他的脚，温吞吞的，有点像血，又像是极力伸出来的虚弱的求救的手。

此刻，门那头的杀手应该也和他一样，正端枪伺候着，而且绝不会是一个人。叫警卫已经太迟。逃跑就是把后背和脑袋留给对方，那等于找死。唯一的办法是踹开门，搏一把。

踹开门的同时，王博仁朝里面开了两枪。子弹打进墙壁，迸出几道火花，发出沉闷的声音。浴室里没有人。

没有暗杀他的人，也没有他的美人鱼。浴缸里只有半缸撒满玫瑰花瓣的水和她的真丝睡袍。另外半缸水淤在地板上。花醉蝶就像随着炸响声凭空消失了一样，只留下那件睡袍在水里无望地漂着。

王博仁从浴室跨出来，一步一个湿脚印。他踹开房门，院子里抱着步枪打盹儿的卫兵也没有抬起他们的头。他光脚跑出府邸，被太阳照得泛白的向凯路上一个人影都没有。远处行驶着几辆小得像甲虫的汽车。他扭头回府，用枪击碎了警卫室的玻璃。本该在门口站岗，却躲在警卫室打牌的两个卫兵吓得把扑克扔了一地。

"一帮废物！"王博仁咬着牙往天上打光了所有子弹。

一进浴室，莫天的眼睛就被浴缸里的真丝睡袍勾了过去。他捞起睡袍，半张脸埋进去闻个不停。王博仁把睡袍一把拽过要抽他，莫天攘撸着脸上的水，满不在乎，"王督军，破案不是您拿手的，可是我在行。这事儿也得讲究望、闻、问、切。我的这个步骤就是'闻'。"

"有什么发现？"华良探查着浴室的墙壁和角落问。

"当然有，而且是重大发现。"莫天朝着王博仁故意提高了嗓音，"您姨太太的衣服上有一股奇怪的药味。但是，这个味儿跟寻常药物的味道都不一样。"

"这个倒是真的。"王督军转过头看向别处，"不过这跟案件没关系。"

"不不不，很有关系。"莫天瞪大眼睛，做张做势地说，"很可能啊，这个味道是闯入者在您太太身上留下的……"

"你说什么呢小赤佬！"王博仁又扬手要打，被华良拦了下来。

"华良，这个药味儿是你嫂子身上的，并非什么线索。她自小体弱多病，差点夭折，尝试了各种奇药妙方，幸运康复，身上就留下了一股药香，而且百毒不侵。"说到百毒不侵，王博仁长叹一声，颇为感慨，因为花醉蝶救过他的命。

那是半年前的事了。花醉蝶陪王博仁去山野打猎，一条毒蛇咬了王博仁的腿。花醉蝶用嘴帮他把剧毒吸了出来。

王博仁颓丧地垂着头，看着手里正在滴水的睡袍，走出了浴室。

"要不是因为这件事，王博仁必定不会娶花醉蝶。"莫天凑到华良耳边，轻声说道，"因为两个人并不登对，花醉蝶的底细我晓得，她曾经是个舞女。"

"舞女？"华良想到了惨死的冷玉，"花醉蝶以前也是舞女？"

"对啊。"莫天不以为意地说，"华生，你的想法我晓得，你进步了，我很欣慰。不过华生啊，这肯定不是一桩什么屠杀舞小姐的连环杀人案，这两桩案子没有任何关联。事实并非如此。"

"哦？福尔摩斯·莫，在下洗耳恭听。"华良伸出手臂，做出一个邀请的姿势。"别急，让我先点上。"莫天抖了抖肩膀，掏出烟斗点燃，随着嘴里吐出的一口烟雾，他把胸膛挺起来，把声音压下去。

"据我所知，这个花醉蝶是个浪荡的人。你觉得她会甘心做这个大烟鬼的太太吗？"莫天用烟斗指了指挂在客厅墙上的那张大照片。照片里是一个穿旗袍的女人，尖下巴，红嘴唇，曲线婀娜，双手修长，眼睛狭长如钩，和《聊斋》里的狐仙一样妖媚。照片下面，是坐在沙发上抱着花醉蝶的睡袍发呆的王博仁，干瘦苍老，眼神涣散，俨然是一截半腐的枯木。

"你看看这个大烟鬼的蔫吧样，简直是死了半截没人埋。那只狐狸肯定在外面养着小白脸儿。所以啊，华生，这不是绑架，这是她为了跟人私奔做的局，与冷玉的案子分属两个码头。总之，破案呢，就是破解人性。而天才，就是没有尽头地锻炼吃苦耐劳的能力，在黑暗无边的人性深渊中孤独探索。明白了吗华生？好好干！"

莫天端着烟斗，一副指点江山的架势。这时他肯定不知道，五分钟之后，他的推断就被华良搜出的一个皮箱又一次推翻了。

那个皮箱藏在卧室衣橱顶层的独立抽屉里。华良打开它，里面赫然叠着一套深灰色西装、一顶黑色礼帽。礼帽的旁边是一只茶色眼镜。

这套衣服，无疑是花醉蝶穿过的。一股芳香的药味儿弥漫出来，丝丝缕缕地牵动着华良的思维。冷玉是舞小姐，花醉蝶也曾经是。冷玉刚死，花醉蝶就在第二天失踪了。而馨月所说的那个常去找冷玉的客人身材瘦小，面貌清秀，衣着打扮和皮箱里的行头完全一致。那么，他会是乔装后的花醉蝶吗？难道是花醉蝶杀了冷玉之后畏罪潜逃？两人之间有着必须用死来抹除的深仇大恨？尽管迷雾重重，但是河流毕竟是初显了踪迹。华良目光如炬，等待着它更多的讯息。

四

"羊毛亚麻混纺，这可是进口的好料子，我莫大少必须得来一套！"莫天抚摸着西装，抄起礼帽，戴上又摘下，"帽子一般，配不上我福尔摩斯·莫的脑袋。"华良问西装布料哪里能买得到时，他得意地晃了晃脑袋，"这你可算问对人了，这种进口的高级布料啊，只有和顺绸缎洋货庄有售。"

然后华良提着西装去客厅询问正在垂头抽烟的王博仁，花醉蝶在上海是否有认识的人？王博仁揉着太阳穴，摇了摇头。花醉蝶父母死得早，平时和别人也没什么来往，她喜欢在家里待着。

"嫂子以前是在哪个舞厅来着？"

"米高梅舞厅。"

"你以前见没见过嫂子这身衣服？"华良把西服展开，给王博仁看。王博仁又摇了摇头，"她衣服多得很，连她自己都记不清。她的爱好就是在衣柜前一件一件地试衣服。"说完，他把头重新埋进了烟雾里。

华良用客厅里的电话打给巡捕房，让老毕去调查米高梅和暖香阁平日里的交集。这是老毕最熟悉的领域，不用调查他就给出了回复，两家舞厅不仅毫无交集，连舞女也从未交叉过。

冷玉和花醉蝶是否认识，会产生截然不同的结果。如果两人认识，那么小个子男人很可能就是乔装后的花醉蝶，冷玉的死恐怕多半与她有关；如果按照王博仁和老毕的讲述，冷玉和花醉蝶不认识，常去找冷玉的那个小个子男人就另有其人。而且此人肯定认识花醉蝶，因为他的衣服藏在花醉蝶的衣柜里，而花醉蝶也曾穿过这套衣服。如若这样，会不会真如莫天所说，花醉蝶在外面有别的男人，而这个男人就是小个子男人，他又同时跟冷玉和花醉蝶有染？现在，这两个女人，一个死了，一个离奇失踪，会不会是花醉蝶觉察到了冷玉的存在，争风吃醋，杀掉后者，然后逃之夭夭？……繁杂的线在华良脑子里交错打结，小个子男人和花醉蝶都是解扣的关键。这两人的线索，现在只有两条：花醉蝶身上的药味儿，以及和顺绸缎洋货庄。华良决定顺着这两条线摸索，一切边角琐碎的细节都有可能是寻找和勾画出河流形状所需要的重要标记。

华良回到卧室时，莫天已经开着篷布警车离开了督军府。他不知道这个小朋友的脑子里又产生了什么奇特的想法。把西装、礼帽和眼镜放回皮箱后，华良提着它，坐黄包车去了和顺绸缎洋货庄。掌柜眼一搭，便确认了西装的布料："这的确是店里最上等的料子，买它的都是最识货的顾客。先生也来一套？"

"你能记得来买这种布料的人吗？"

掌柜摇了摇头："每天来店里的顾客络绎不绝。"停顿了一下，他忽然又开口，"就在刚才，有个比先生您年轻几岁的男子把这款布料全买走了，连那些做成西装的样品都打包买了。先生若看上了这料子，可以预订的。"在华良的追问下，掌柜尽量地描述对方的样子，"是个白净清秀的后生，戴着顶黑色礼帽。他前脚走，先生您后脚就进来了。"

华良感到后背一凉，仿佛河流在趁他不备的时候溜了过去。他奔出店铺，看向街头两端熙攘的人群，然而并没搜寻到目标。回到店里，他再次确认："是不是个头不高？"

"不，和先生您一样挺拔。"

华良略一怔，随即苦涩一笑，向外走去。

线索还剩下一条。华良在喧嚣中寻找中药铺。关于衣服上的药味，中医会得出与王博仁所述不同的结论也未可知，务必要试一试。他忽然又想起了高婕，那个清爽利落、有着极高敏锐度的姑娘。如果她在身旁，或许能帮他在迷雾中辨清方向，开辟道路。然后，当华良转过街角，在中药铺的门口，高婕就真的近在咫尺。一时，树木、果摊、人流、招牌，一切事物都变得模糊不清，它们的色彩全都汇集成了高婕的眼睛。在华良朦朦胧胧的视野里，只有她清晰得毫发毕现。

若不是被高婕踢了一脚，华良仍不会意识到自己已经盯着她笑了很久。突然蹿回的理智制造了尴尬的安静，华良收起笑，清了下嗓子，问高婕去哪里。

"有几个病人，刚才他们告诉我，有几味药忽然全城奇缺，非常怪异。我的诊所就在这家药铺附近，来碰碰运气。"

"你是医生？"

"对啊。"高婕粲然一笑，又白他一眼，"难道你以为我只会看死尸啊？"

"那，买到了吗？"华良笑着问。空气终于回归了正常的温度和平衡。高婕一摊手，轻轻地叹息，但那也只是一眨眼的失落。一下子，她的眼睛就又恢复了机警，鼻翼迅速翕动，眼睛瞄向搭在华良皮箱外面的那件灰色西装。随即，这件西装就被她揪了过去，塞到鼻子上仔细闻，"你衣服上的味道……这是谁的衣服？"

"你和莫天怎么一个毛病？"华良点了根烟，眼睛瞄向别处，"这不就是药铺的味道吗？"

"华探长，你可蒙不了我。"高婕射过来的锐利目光让华良觉得踏实。她展开西装，在自己身上比画着，"我知道你在查'花国总理'在颁奖典礼上被杀的案子，我还知道，你在秘密调查王博仁老婆的离奇失踪案。这件衣服不是那位'花国总理'的，就是王博仁的老婆的。"

"还可能是一个小个子男人的。"

"小个子男人？"高婕也是一只猎犬，只要咬住点什么，就绝不会松口。对这一点，华良很清楚。面对她的逼问，他假装无奈地轻叹了一声，"无可奉告"。然后高婕机敏的眼睛就转动了起来。随即，她把西装塞给华良，也轻叹了一声，"那么，关于西装上的味道的来源，我也无可奉告。"她把嘴抿成了一条线，挤出两个浅浅的酒窝。

"你问的是巡捕房的重要机密，告诉你可就是触犯纪律。"华良搔着头，看上去颇是为难，"不过我可以用一个重要的情报跟你换。我知道是谁买走了那些药。如果你还要继续讨价还价，那些救人的药材恐怕就得变成药渣了。如果你也觉得这笔交易算得上公平，就跟我走。"

华良转身而去，高婕老大不情愿地跟在后面。之后，华良搭了辆黄包车，高婕也拦下一辆，紧紧跟随。华良带她去了马斯南路。那是一条十分幽静漂亮的道路，没有电车，两旁长满了茂盛的法桐树。黄包车一进这片遍布着花园洋房的区域，高婕就闻到了空气中的草药味儿。她从黄包车上跳了下来，冲着华良大喊，"哪一户？"华良指指右前方，"屋顶上摆大炮那个。"高婕看着屋顶上那个黑铁铸成的巨型烟斗，说："那家主人是不是有精神病，要请上帝抽烟吗？""不，他是个神探，也是科学家。"

两人绕过洋房，来到后花园。浓重的药味儿扑面而来。后花园里鸡飞狗跳，烟雾缭绕。每一棵法桐树上都垂着几匹灰色的布料，挂着几件灰色的西装。每一棵树下，都有草药：或者放在药罐里熬成了汤，滚着泡沫热气腾腾；或者搁在木炭上面烘烤，散出浓滚滚的黑烟。两个男人正穿着不合体的灰色西装，围绕花园奔跑。花园中间，是一口巨大的黑铁锅。黑铁锅周围，蹲着三个男人，他们捧着碗，咧嘴喝着从锅里舀出来的汤药，喝完就开始跑。这五个男人已经累得散了型，四肢乱摆，像灌了黄酒的王八，随时都要扑倒在地。"少爷，我已经出汗啦！""少爷，再跑我就要吐了！"落在最后面那个什么都没说，扑通一声跪扑在地，哀号着吐出一地深色的液体。

"少废话！你们俩，赶紧把西装给我拿过来，然后再喝一碗，很补的！你们仨，接着跑！"

高婕循声望过去，看见一个戴防毒面罩的人。他从另一口铁锅后面站起身，双手叉腰，冲五人大喊着。铁锅里，深棕色的药汤煮着布料。

"这是谁啊？"高婕问。华良打了个哈欠，慵懒地说："你的老朋友。"

两人还未走近，那人便摘下了他的防毒面罩。高婕冲他大嚷："怎么又是你这个掼浪头的！"

莫天看到高婕，脖子一缩，面色紧张："女魔头，你不好好陪你的尸体，来我家凑什么热闹？"

"我要把你开膛破肚，做成标本，让全世界的人都知道什么叫奇葩！"高婕朝莫天冲了过去。莫天跳着脚大叫，"你再过来我把你扔铁锅里煮了！"但是高婕不仅没停下，还从口袋里掏出了一把手术刀。刀身上的阳光一斩进莫天的瞳孔，他便开始号叫着奔逃。逃到华良身边时，被华良揪住，"福尔摩斯·莫，你别害怕，又发现了什么新线索？""有，有，大发现，"莫天绕着华良转，躲避着高婕的穷追猛打，"华生，你赶紧让这个女魔头走开！"

等高婕退到五米之外并收起利刃，莫天干咳几下，重新挺直了身体，开始在华良面前自信地踱步。当然，烟斗是必不可少的。

"华生啊，如果我福尔摩斯·莫不告诉你，你永远也别想知道，即使是同一味中药，用不同的方法炮制，布料上沾染的味道也是不同的。所以我推断，什么喝汤药泡药浴，什么身含药香，百毒不侵，舍生吸毒，那是花醉蝶给王博仁唱的折子戏，好让这个冤大头给她赎身，然后她好跟小白脸私奔。"莫天拂去自己吹到华良眼前的烟雾，"她身上那股奇异的药味儿，根本就是人为做出来的！不出三天，我就能把那个味道配制出来，保证一模一样！"说完，他朝高婕得意地耸了耸肩，"怎么样，女魔头，我的研究足以载入药典史册吧？"

高婕不理他，径自把铁锅旁装满草药的两只大麻袋扎起了口。莫天嚷嚷起来，她一伸手，他便不敢再上前。

"华探长，为了让这个举世无双的奇葩不再暴殄天物，我就勉为其难地告诉你，西装上的药味儿的确是从人体里向外发散出来的。"

"你胡说八道！"莫天跳着脚，用烟斗不停戳着高婕，"你要有科学的精神！"

华良转向高婕，问道："何以见得？"

"一个人长期服用药物，身体里就会积留下药物的成分，因而体味里会有药味。服用时间越久，药味就会越重。"高婕双臂交叉抱在胸前，眼神里透露着十足的把握，语气斩钉截铁，"但是这股味道和单纯的药味并不一样。第一，药物在体内分解时产生了化学变化，遗留在体内的药物成分也会相应地改变味道。第二，体味是通过皮肤里的汗腺和皮脂腺散发出来的，所以除去药味，它同时还有汗味和油脂味。西装上的味道，就是这股混合的味道。而草药无论怎么炮制，都不会是这样。所以，至少在体质这一点上，花醉蝶没有撒谎。"

华良的思维出现了暂时的短路。蒸汽从铁锅沸腾着的汤药里冒出来，把另一面的景物变得扭曲而模糊。试图从布料和药味这两个细节查找线索的想法全都失败，它们只是河流抛下的两枚卵石，而非用来测绘形状的标记。忽然，地上窜出一个白色的影子，仿佛是在风中急速滚过的白袜子。

那是一只小白鼠，它停在了莫天身后那些浸过草药的布料上，迅速地啃起来。它的牙齿锋利得诡异，一口一个洞，轻松得宛如兔子吃下一片树叶。

五

莫天大声训斥着吃下布料的小白鼠，他叫它小白。这只白鼠是几个月前批量购入的用于研究实验的其中一只，但是由于它与众不同，因而成了莫天的爱宠。当然，莫天喜爱它，不是因为它的牙齿锋利，而是它罕见的通人性，最喜欢顺着他的胳膊爬上肩头。"别吃，会中毒的！"莫天试图去抓它，但它已经沿着垂挂着的布匹上了树。

"把它送给我，我就放你一马！"高婕抬着头大喊。

莫天把那五个瘫倒在地的下人一个个踹起来，让他们上树抓，"我的爱宠要是有个三长两短，你们就永远在树上待着，吃树叶，喝西北风！"

"这是你的宠物？送给我吧，福尔摩斯·莫，我养着好多动物。"这显然是高婕第一次用正常的语调跟莫天说话，嘴角还奋力挤出了一个弧度。但是莫天翻着白眼撇过头去，"做梦！女魔头！"

然而他的掌上明珠显然更喜欢高婕。围追堵截之下，它顺着布匹下了树，直奔她而来。高婕蹲到地上，它就钻进了高婕的袖管，又从领口露出头来，用尖尖的小鼻子嗅来嗅去。高婕让它爬上肩，它就爬上肩，让它跳回手里，它就跳回手里。高婕忽然明白了，小白鼠之所以喜欢她，是因为她身上有苍术的味道。平日里，接触过病人和尸体之后，她靠熏苍术消毒。相比消毒水，她也更喜欢苍术苦中带甘的味道。

在高婕爱抚着小白鼠的时候，莫天把它粗鲁地攥住，扔进了笼子。隔着细密的钢丝，它直盯着高婕，急切地叫着。

"真小气！"高婕拖起麻袋就往外走，再也没回头。

回到巡捕房不久，天就黑了下来。华良有些疲惫，毫无头绪的案情让他无着无落的像悬在空中的风筝。冷玉被割掉皮的背，穿灰西装、戴黑礼帽和茶色眼镜的小个子男人，失踪的花醉蝶以及她衣橱里那身与小个子男人一模一样的行头，这些画面交叠在一起，反复扭绞滚动在他的脑海里。华良闭上眼，集中意识，倾听着脑海中那些画面的声音。它们之间，一定有着某种必然的联系。

电话忽然响了，铃声急促。是高婕。她的声音有些反常，透着一股急迫，而且压得很低。看来，旁边有什么重要的人。

"我这里来了一个小个子男人，穿灰色西装、戴黑色礼帽和茶色眼镜。很可能就是你要找的那个神秘人。"

"你注意安全，我马上到。"在华良脑海中扭绞滚动的繁杂画面变成了一个清晰的小个子男人的形象。

"放心。他来是为了动手术。"

"动手术？"

"对，手指畸形。"高婕顿了一下，补充道，"他长了十二根手指。"

华良见过长着十一根手指的人，也见过手指少于十根的人，没有手指的也遇到过不少，但是长有十二根手指的人他从来没见过。不过他的短暂沉默并非是诧异所致，他在做一个快速的推断。如果这个忽然出现在高婕诊所的小个子男人真的是馨月所说的那一个，那么他肯定不是花醉蝶乔装打扮的，他在督军府的照片上见过花醉蝶的手，那

是一双绝美的手。小个子男人、冷玉、花醉蝶之间难道真
是有感情纠葛，致使花醉蝶雇凶杀害了冷玉？

"想办法拖住他。"华良说。

"明白，"高婕迅捷地回答，"我自有办法。"

当华良和莫天赶到高婕的诊所时，高婕正在门外步履
急促地来回走动。

"人呢？"华良问。

"我打完电话就不见了。似乎是被人掳走的，但是什么
声音都没有，连守在房间门口的值班护士都没发觉，就像
凭空消失了一样。"

跟花醉蝶的情形如出一辙。华良感到身后的夜色里，
有黑色的影子经过。没有实体，只是黑色的、巨大的影子，
像鬼魅一样无声无息地爬来，又在顷刻间叼着猎物离开。

半个钟头前，高婕刚回诊所，那个小个子男人就闪身
进来了。高婕无法知道他的长相，因为礼帽和墨镜挡住了
他的大半张脸。

高婕起先觉得他不对劲，只是因为他处于惊慌之中。
询问病症时，他频频瞄向窗外，仿佛在夜色中确认没有人
追来。然后他才颤抖着舒了一大口气，低沉的声音从他的
喉咙里发出来，"我要做手术。"

他把两只手铺到了高婕的办公桌上。这是一双瘦长的
手，却又显得宽大，因为每只手上，都有六根手指。"把多
余的手指切掉，快！"

高婕从未见过如此诡异的手。她分不清哪只是多余的手指，因为这双手和多指畸形的寻常状况大有不同。一般来讲，多余的手指会与某指相连而生，犹如分叉的树枝。但是面前这双手，十二根手指都与手掌相连，排列也极为协调，仿佛这双手并非畸形，而仅仅是一个少见的种类。

　　"切末指！"小个子男人急躁地说。

　　高婕抬脸看他，忽然感到被某种无形的东西撞了一下。他的西装是灰色的，礼帽是黑色的，并且戴着茶色眼镜。这与华良携带的那身行头一模一样。简直就像魔法，当夜幕降临，这身行头就变成人形，出来走动。而且他个子瘦小，脸色白净，一定就是华良要寻找的神秘人。她的感觉一向很准。对方发现了她的注视，侧过脸躲开视线，同时往下拽了拽帽檐。

　　高婕把他领进手术室，倒了杯水，让他在此等候。其间，她建议对方摘下帽子和眼镜，然而他坐在椅子上纹丝不动。出门后，高婕唤来值班护士，在门外把守。她已经计划好了，采用加大麻醉剂用量的方式保证华良赶到时，对方还处在昏迷之中。但是当她放下电话，迅速给自己和器械做完必要的消毒处理，快步回到手术室时，小个子男人已经像酒精一样蒸发了，只有剩下的半杯水和空气中遗留的一丝烟味能证明他曾待在这里。此外，地板上多了一些凌乱的脚印。

　　高婕带华良看这些脚印和小个子男人先前坐过，现在却两只脚着地、歪斜着搭在墙上的椅子，"他进来的时候就很恐慌，仿佛很怕被谁找到。"

"有两个高大的男人带走了他，一个身高一米八，另一个一米八四。走之前发生过打斗。"华良蹲在地上，用手量着那些凌乱的带菱形花纹的鞋印。"你就猜吧。"莫天切了一声。

"你看，这两个小的脚印是高婕和小个子男人的，除此之外，还有两对胶鞋大脚印，可以确定来的是两个男人。"华良指着地上的脚印说，"这一对跟我的脚一样大，说明他的身高和我差不多。这边这对就要大一码，此人的身高可能要高出四厘米左右。脚印凌乱，椅子斜搭在墙上，桌子也有轻微的移位，这都是打斗留下的痕迹。"莫天俯下身看，桌脚确实往里偏移了半厘米，原先的位置遗留着灰尘印迹。

"你回来的时候，有没有发现别的细节？"华良站起身，看向高婕，"一切你出去时所没有的细节。"

"手术室里有股烟味，一直飘到了走廊里。"高婕说，"手术室不准吸烟，他可能趁我在打电话的时候抽了支烟。"

"但是地上并没有烟灰或烟蒂。"华良扫视着手术室的地面。

"显而易见，抽的是烟斗嘛！"莫天把烟斗叼进嘴里，吐出一口烟雾。华良朝他竖起大拇指，他就戴上黑色礼帽，摆出一个眼神深邃的侧影。但是他的眼睛又在忽然间瞪大，显然是发现了什么。

那是一枚黄铜色的金属牌，无声地搁在墙角。"像个腰牌，应该是在打斗中遗落的。"莫天拿起金属牌，翻来覆去地看。金属牌的两面均刻满类似梵文的字符。莫天看不懂这些弯弯曲曲如同小蚯蚓的字符，干脆塞进嘴里，咔吧咔吧咬了几下。

"这是小个子男人身上的吗？"华良问道。高婕摇摇头，"应该不是。很可能是掳走他的人遗落的。"

之后，华良打电话叫来物证科的同事，取走了小个子男人留在水杯上的指纹。但是经过连夜查找之后，他们并没有从巡捕房的指纹存档里找到与之匹配的指纹。"白忙活一场。"莫天叹着气，佝偻着背，跟随华良，从档案室里走出来。

"神探，你信不信，没有存档，我也能把这人找出来。"华良停下脚步，拍了拍莫天的肩膀。

"华生，你没戏。看来我还得亲自出马，从腰牌这里突破。"

"好，那我们就做一个君子协定，你查腰牌，我查指纹，看谁能把那个小个子男人找到。"说完，华良低下头，斟酌了一番，说："协定总要有个奖惩机制。如果我查出了这个人，你就把那只小白鼠送给高婕。"

"一言为定！如果我赢了，你就让那个女魔头给我表演后空翻，翻到直到我看腻了为止！"莫天像雨后的春笋，在越窗而入的金色朝阳里，一下子拔高了一大截。他朝华良坏笑着，"华生，不得不说，你的眼光可真是差。"说完就大笑着出了公董局大楼。"小朋友可真好哄。"华良伸展了一下身体，颈椎、肩膀和腰同时发出咯吱咯吱的声响，随后也走了出去。

此后两天多时间，他在上海各大医院和诊所奔走，查找所有双手都是六指的男性的档案，以身材作为筛选标准。然而一无所获。在他陷入停滞不前的处境中的时候，莫天始终在激情高涨地忙活着。莫天的房间俨然是个实验室，各种器械围绕着他。他头顶戴着矿灯，把腰牌照得金光闪闪。起先，他试图用放大镜从上面找到蛛丝马迹，很快又改用显微镜。然后他把腰牌放到镜子前，以为镜像可以解密这些字符。最终，他抄起了铁锤。

莫天想敲碎它，或许腰牌中间藏着什么秘密纸条。然而铁锤落下后，并没有发出金属断裂时的脆响，而是一声钝音和莫天的惨叫。腰牌完好如初，莫天左手拇指的指甲砸了下来，痛感揪心，血止不住地往外涌。

个子矮小。白净清秀。声音低沉。挡住面容。华良一再回想着馨月和高婕对神秘男子的描述。这四个特征仿佛是四面墙壁，把他困在其中。这里面一定潜藏着出口，而他尚未找到。可能是因为自己的思维里出现了什么错误或者漏洞。他放弃先前的思路，回到四个特征本身，并在其中寻找逻辑关系。不久，他眼睛里亮出光来，那是从出口中流出的光。

对方很可能不是名男子，而是位女士，所以"个子矮小"，"白净清秀"。而为了掩盖性别，她穿男性的服装，用礼帽和眼镜挡住面容，并故意压低了声音。

一定是这样。

由此，华良也发现了自己先前的错误。既然冷玉、小个子男人、花醉蝶都是女人，她们之间便不会有三角恋纠葛。但是她们之间一定存在着其他形式的不寻常的联系。在她们身后追赶着的，是其他的敌人，而且恐怕是同一群敌人。这群敌人阴狠、狡诈，就像在黑暗森林中出没的狼群。"碰上大对手了。"华良用衣角擦拭着雕刻刀，喃喃自语道。

他转而去查找长有十二根手指的女性的档案。这次，一个人浮出了水面。

她叫范碧珠，是法租界彩云小学堂的音乐老师。

六

范碧珠失踪了。任职四年多以来，未曾缺过课的她从前天开始就再没来过学校。同事去家中探访，连续三天都门锁紧闭。"小个子男人"从高婕的诊所失踪是大前天的晚上，两者在时间上是吻合的。

"全校就她一位音乐老师，钢琴弹得好，嗓子也好，孩子们都喜欢她。"向华良说起范碧珠失踪的情况的时候，校长的神情里并没有表现出多大的诧异或担忧，而是隐隐透露着"大概迟早会这样"的意味。华良很好奇,是什么让他产生了这种感觉?

"范老师教学认真,对学生又富有耐心。看得出,她是真的很喜爱孩子。但是,在面对学生以外的人的时候,就显得稍微有些奇怪。"校长仔细斟酌着用词,眼睛微微眯起来,仿佛试图在雾中辨认远处的人影,"她跟所有人都保持着距离,从来没什么朋友。她对学校新来的老师、杂工,以及出现在校园里的学生家长,总是会远远地躲开,老同事的聚会也几乎不参加。尽管她已经在这里工作了将近五年,但是仍旧和工作第一天时的样子一样,身上带着一种陌生感,仿佛从来不属于这里,随时都会离开。"

校长从一张某届学生毕业的师生合照上给华良指出了范碧珠。范碧珠坐在第二排,在师生中间显得格格不入。她的眼睛里透露出警惕,甚至是恐惧。她害怕人。可能是性格原因,也可能是某种事件所导致,华良更倾向于第二种,她身上曾发生过什么,从而对人产生了恐惧。

华良站起身,深深地倒换了几口气之后,放下了对范碧珠的猜测,回到当下的案件中来。他去了音乐室,从钢琴上取到范碧珠的指纹后,又立即回到巡捕房,进行指纹比对。结果出来后,他给高婕打了个电话,说,莫天的小白鼠是你的了。

"有重要的事要跟你说,"高婕的语气仍然直截了当,"半个钟头后,在中央巡捕房东十里处的树林见。"说完,她就挂掉了电话,干脆得像突然收住的夏日的大雨,只留

仙女煞

下一些余韵在华良脑壁里回荡。

　　远远地，华良就看见高婕站在树林中那棵最挺拔的香樟树下。她极为难得地穿了件裙子，双手背在身后。那是一件十分好看的天蓝色连衣裙，华良却想起了在停尸房第一次见她时的样子。那是两个月前的事了，高婕裹着一件黑色紧致的夜行衣，用倔强的眼神盯着他。后来，她协助自己破了"噬眼狂魔"的案子。现在，高婕依然紧盯着他，眼神却少了几分锐利，灵动得像一匹小鹿。华良一时不知道说什么，就问："小白鼠给你了吧？我已经给莫天打过电话了。"

　　"那个臭家伙抵赖！"高婕愤愤地说，"不过我要跟你说另外一件事。"她把背在身后的左手伸出来，朝华良摆了摆，"你过来。"

　　华良往前迈了几步，与她处在同一片树荫下。

　　"我要参与破案。"

　　"这可不行。"华良眉毛一挑，看上去没有商量的余地，"那晚在停尸房你可就立下了规矩，法医的责任是从尸体上寻找突破口，警探的职责是通过突破口找到真相。况且，巡捕房的验尸官已经勘查了冷玉的尸体，就不劳烦你了。"

　　"真的不行？"

　　此时，高婕的眼睛又恢复了往日的样子，锐利得像华良口袋里那把从不离身的雕刻刀。华良摇了摇头，忽然感到脚下一紧，踝部被什么东西咬住，并迅速向前拖拽。他栽倒在地，双腿却继续被往上拽。眨眼工夫，他已经被倒吊着脱离了地面。

"华探长，你可太没警惕心了，这样是很容易遭暗算的。"高婕拉着绳子，满意地坏笑着，"所以呢，这一次，我不做法医了，我要做你的保镖。""不行！"华良大喊。高婕却开始不停地拉扯绳子，让他忽上忽下，头顶离地面越来越近，像一只捣米的杵。"现在行了吗？行不行？"

"行了！"华良大喊，"赶紧放我下来，我头都晕了！"

接下来，两人一起奔往范碧珠的住所。这是华良想要的结果，为了这个结果，踩进那个再显眼不过的绳套也无所谓。华良用雕刻刀撬开了门。范碧珠显然已经有几天没回家，靠窗处的小桌上落着一层薄薄的灰尘。

两人在狭小的寓所里进行细密默契的搜查。不久，高婕从床底搜出了一个盛糖果的铁盒子。铁盒里盛着一张卷角泛黄的照片，上面是七个并排站在一起的少女。

七个少女约莫十五六岁，身上裹着的宽大破旧的男式粗布衣服让她们显得异常单薄，像被抓出巢的羽翼未丰的小雀。最让华良触动的，是她们战战兢兢的眼神。这种眼神，他曾多次见到。那时，他还是和平饭店的厨子，每天都会去屠宰场，挑选最新鲜的畜肉。那些踩着同伴的血和粪便等候屠杀的牛羊就是这样的眼神。那是死亡在即却无处可逃的深深的绝望。

华良认出了左起第三个少女，她就是范碧珠。师生合影中的她与眼前这张没有太大不同，何况她的眼神并没有实质性的转变。然后，他又认出了范碧珠左边的两名少女，分别是冷玉和花醉蝶。尽管此时的两人未施粉黛，远说不上妖媚，但是五官和脸型是一致的。她们三人，果然是相识的。

其余四人，华良并不认识。左起第五名少女头戴僧帽，颈挂佛珠，应该是一个尼姑。右边角的少女大概是年龄最小的，也最漂亮，大眼睛，高鼻梁，是混血的相貌。她牢牢抱住左边女孩的胳膊。

难道，那时的她们也和自己见过的那些牛羊一样，身处囚禁和屠杀的境地？这是哪里？拍摄照片的人又是谁？他们想要干什么？和掳走、暗害她们的狼群是同一帮吗？从华良心头涌起的这些疑问，照片都解答不了。除去七名少女，照片上唯一的事物是她们身后那堵高高的、黑色的石墙。

"我认识她！"高婕指着范碧珠右边的那个女孩说，"她应该就是上海滩最有名气的算命师！她叫，乌仙！"

"乌仙？"华良重复着这个名字，"她在哪里？"

"她在圣光路上开了一家算命馆，我曾陪朋友去算过姻缘。"

"快走！"华良已经冲了出去，"得跟狼群抢时间！"

还是迟了。

两人赶到乌仙算命馆时，一个十六七岁的小姑娘正悠闲地坐在外间，双手支着下巴听音乐。她脸前的胜利牌唱机里传出来的是周旋的《天涯歌女》。高婕告诉华良，这是乌仙的助理。他们进来后，小姑娘起身招呼两人坐下等候。"师傅正在里面为三位客人算命。"她指了指身旁那扇黑色的木门。华良朝高婕使了个眼色，高婕便箍住了姑娘的肩膀。在她徒劳的挣扎中，厚重的木门被华良一脚踢开。

逼仄幽暗的算命室里空无一人，桌椅板凳、塔罗牌、星斗仪胡乱散了一地。这无疑是遭遇狼群袭击留下的痕迹。

"半个钟头前还好好的，我进来送了一壶水！"追进来的乌仙的助理急得哭出了声，"我一直守在外面，既没听见动静，也没人出来。我师傅去哪里了？"

和前两出一模一样。华良在颜色诡异的光线里愤愤地挥出空拳。他环顾左右，然后抬起头。屋顶中央排成一排的四只灯泡正散发着幽绿的光。"难道他们还真是一群上天入地的鬼魅不成？"

乌仙的助理抽泣着："只是两个普普通通的青年男子，他们为了测算事业而来。"

华良蹲下身，拨弄着地上那片狼藉。他从塔罗牌里捡起了一片茶壶的残片。残片尚有余温，所以他们掳走乌仙不会超过十分钟。继续翻找，又发现了一枚麻将，是个"东风"。"你师傅也用麻将算命？"

"那倒没有。闲下来的时候，她喜欢跟朋友打几圈麻将。这枚牌可能是在收拾的时候遗漏的。"

"遗漏的？"华良拿着"东风"翻来覆去地看。是遗漏的，还是故意留下的，抑或它根本不是乌仙的，而是属于狼群，在打斗中不慎遗落，就像手术室里的那枚腰牌？

幽暗的灯光忽然开始不停地闪烁。华良抬头观察，闪烁的是四只灯泡里最左侧那一只，仿佛是电路出现了故障。灯泡随即发出一声轻叹似的声音，灭掉了。高婕用手电筒照向屋顶，这才发现，屋顶上其实一共有七只灯泡。在刚灭掉的灯泡左侧，还有三只灯泡已经坏掉。

一共有七只灯泡，灭掉了四只。在华良心里，有另外一组"七"和"四"。那是少女的数量：照片上有七个少女，乌仙是第四个出事的。会不会每盏灯都与照片上的少女相对应，有少女遭遇不测，就会有一盏灯相应地灭掉？"第一只灯泡是什么时候灭的？"他转过身，问还在抹眼泪的助理。"就是最近几天前的晚上。"

"是不是四天前，"华良问，"'花国总理'遇害的那一夜？"

"对对对，"助理使劲点着头，"就是那一天。"

"第二只灯泡呢？"

"第一只灯泡坏掉后的第二天下午。当晚，又坏了第三只。我记得很清楚，第三只灯泡灭掉后，屋子就明显地暗下来了。我要叫修理师傅，可师傅拦住不让。"

后两只灯泡灭掉的时间点也与花醉蝶和范碧珠失踪的时间一致。华良踩着板凳，把七只灯泡全部拧下。拖过木桌，按照先前的顺序把灯泡摆在上面。黑暗中，手电筒暖黄色的灯光掠过每一只灯泡，在华良和高婕的视野里映出了一道富有宿命色彩的光晕：每一只灯泡的螺口上，都用毛笔写着一个名字，分别是冷玉、花醉蝶、范碧珠、乌仙、慧静、白云锦、姬玛丽。

七

冷玉死去，花醉蝶、范碧珠、乌仙不知所终。接下来，看不见的狼群还会依次扑向慧静、白云锦和姬玛丽。华良仿佛能真切地听见狼群的咆哮和毫不停歇的纷乱的蹄音。他再次想起照片上七个少女的眼神，不由得心生颤动。这是一种混合了怜悯和紧迫的感觉。她们的命运已经与自己密切相连。一定要赶到狼群之前，把剩下的三位少女找到，并加以保护。他和高婕在乌仙算命馆门口别过。气氛沉重，两人都没有多说话，坐上了去往不同方向的黄包车。

回到巡捕房时，莫天正在等他。莫天依然握着烟斗，拇指上缠满厚厚的纱布，斑驳的血还是渗到了最外面那一层。而他显然对这处伤口毫不介意。他摇头晃脑，小马驹一样地朝华良跑过来，兴奋而神秘地问，"华生，你猜我在腰牌上发现了什么？"

"什么？"

"香灰。"

"香灰？"

"对！"莫天把化验结果塞给华良，"你晓得不，是福尔摩斯点拨了我。本来我是想把腰牌锤碎，甚至熔化它，但是福尔摩斯给了我一个善意的提醒，让我及时地收了手。"

华良瞟了眼莫天缠满纱布的手指，粗得像另一只烟斗。

当铁锤锤下的时候，莫天拇指的指甲变成了数个碎片，揪着他的心脏飞奔而去，让他哆嗦着不断发出猪一样的嚎叫。后来，从窗外飞进的一缕清风舒缓了他的疼痛，但是他再也不想重新拿起铁锤了。他甚至想把那个该死的腰牌扔进马桶里。然而那个行为代表着放弃、软弱，以及协定中的输家，会被华生耻笑。怎么着也得装一装样子嘛，至少要保持研究的姿态。于是，他把腰牌扔进坩埚里，再胡乱倒进点凉水，点燃了酒精灯。

"接着，我听见了福尔摩斯融化在风里的声音。他说，莫，你为什么不试试别的方法呢？接着，这阵风把桌子上的坩埚吹到了地上，我顿时明了，这也是他的建议。于是，我把腰牌放进坩埚里去烤，奇迹便出现了。坩埚底产生了灰色的沉淀物。只有一点点，但是如此重要的线索，我福尔摩斯·莫绝不可能忽略。"莫天胸挺得扣子几乎崩掉，"尽管我输掉了我们之间的协定，却发现了更为重要的线索。所以华生，查案不是比赛，是细心的凝听啊。"

"神探高深。"华良朝莫天晃了晃大拇指。然后他沉下头，围绕着腰牌展开思索。它是狼群落下的，狼群在抓七个少女。上面的香灰和梵文字符又让他想到宗教与祭祀。他感到脑后亮起了隐隐的光雾，就像天光将开时尚处于昏暗中的水面。这样的时刻最不能着急，否则那虚弱的光会就此远离思维的边界。他迎着它慢慢靠近，走进记忆的深处……终于，天光乍现，宽阔无边的水面已被照耀得波光粼粼。

那是五年前他从《申报》上读到的一则旧闻，应该发生在广东。曾有一个邪教组织，以修道成仙为名鼓动了大批教徒。教徒逐级修炼，而想最终成仙，还需要一粒丹药辅佐。丹药名叫"七仙女"，因为它需要七味药引。这七味药引分别是：阴女的八卦、药女的海、琴魔的指、巫女的慧根、师太的舍利、鬼生女的魂魄、万国之首。这个迅速扩张的邪教组织引起了当地政府的注意，很快被端掉，所有头目和教徒均在一场祭祀中被就地正法。作为一桩大事件，它上了全国各地的报纸。

华良追踪着这则旧闻与案件之间的联系。他假设还未在他面前现身的狼群就是这个邪教组织，事件过去后，漏网之鱼开始重新活动。而当时无人理解的"七仙女"所需要的药引，与照片上的少女的数量又恰好一致。可以继续假设七位少女各自有着丹药所需的一味药引，这或许就是她们曾被囚禁，现在又被掳走的原因。

华良试着把药引与少女一一对应。

药女，应该是指花醉蝶。花醉蝶幼时曾大量服药，并因此百毒不侵。这种体质，古人称之为药海体质。药女的海，很可能指的是花醉蝶的血。

而琴魔的指，应该是说范碧珠多出来的第六根手指。他曾听过一个叫六指琴魔的传说，琴魔长有六指，琴声嘈切错杂，鬼魅般变化多端。范碧珠是六指，又是小学的音乐老师，钢琴弹得好。

巫女可以与算命师乌仙对应。巫女的慧根，大概是指乌仙的眼睛。

师太的舍利，就是尼姑火化后产生的结晶体。从名字推测，照片上那个小师太就是慧静。炼丹正是需要她的舍利。

万国之首，会不会是照片最右边那个长相最漂亮，明显有异国血统的叫姬玛丽的女孩的头？如果是的话，那么冷玉和白云锦谁是阴女，谁又是鬼生女？

阴女和鬼生女是民间对两类女子的叫法。阴女指出生于阴年阴月阴日阴时的女子。而母体死亡后生下来的女孩子被称为鬼生女。古人认为，鬼生女有两个灵魂，因为其母的灵魂也会附在她的身上。

冷玉背上的皮被狼群割走了，所以华良更倾向于把她认作阴女。尽管她的背上并没有什么八卦，但是教徒们对任何荒诞的说法都会不加考虑地相信。要想确定冷玉是否是阴女，也并非难事，只须从她的档案里查看生辰八字即可。华良下达了任务后，特别行动组很快就查出了冷玉的生辰，确实如此。

那么白云锦就是鬼生女。

至此，一切都了然了。七名少女曾被邪教组织捕获囚禁，以待炼丹，政府及时的清剿行动让她们幸免于难。但是，现在狼群卷土重来，从广东追到了上海。

查到慧静、白云锦和姬玛丽的住处后，特别行动组分成三组全体出动。老毕带一组，去慧静所在的法善庵。莫天带一组，奔向白云锦霞光里的住所。华良则开车接上高婕，一起前往福生路上的百星大戏院。晚上戏院要演出豫剧《穆桂英挂帅》，饰演穆桂英的就是姬玛丽。

街上很拥挤，不时要刹车等待。此时的华良不会知道，事实确实和他预感的一样糟糕，老毕和莫天的行动均告失败。

老毕到达法善庵时，慧静已经失踪，只留下一串断线的佛珠，滚满了她房间的青砖地。莫天在快要到达霞光里的时候，看见了跟他隔路相望的白云锦。白云锦的眼里全是恐慌，面无血色，站在那里不住地颤抖。但是当他和另外三名组员跳下汽车时，被一辆电车挡住了脚步。电车徐徐驶过，对面已经没了白云锦的踪影，就像水蒸发到空气中。

华良有些急躁，手指在方向盘上不停地敲打："要跟狼群抢时间，抢到他们前头！"

"别急。"高婕把手放到华良的手背上，温暖而踏实。她看着华良的眼睛说："你会做到的，我相信你。"

华良和高婕到达百星大戏院时，太阳已经坠到建筑以下，只在西边残留下一片血红。两人奔进戏院的后台，演员们正在化妆，一时难以分辨。

"姬玛丽！"华良在门口喊了一声。那个头上扎着网巾，脸已经化完，正在贴云鬓的旦角回头看了一眼，迅速起身，朝另一个侧门跑去。她跑到门口，却又忽然停住了脚，开始慢慢向后退。把她拦下来的是高婕。

旦角站在华良和高婕中间，神情惊慌："你们认错人了，我叫三娘。"

"三娘只是你的艺名。"华良掏出证件，"我是法租界中央巡捕房探长，华良。"然后他又掏出了那张七位少女的合影，"这是五年前，你和你的六位姐妹年纪还小。他们又回来了，对吗？"

她的肩膀瞬间耸了起来。为了躲开照片，掩饰恐慌，她把化了油彩的脸朝着华良高高扬起，还挤出了一个笑："你觉得哪个像我？"

"最右边这个。"

她便没有再说话，眼睛里的光变成一堆灰烬。她缓缓地坐回到先前的梳妆台前，盯着镜子里的自己，像是在等待一个审判。直到其他演员被华良安排去别处化妆，她才重新开口。"我怎么确定你们不是他们？"相比先前，她的声音变得深沉而机警。"如果是的话，你现在已经被掳走了，"华良把四只灯泡摆在姬玛丽面前的梳妆台上，螺口处依次写着冷玉、花醉蝶、范碧珠、乌仙，"就像你的四个姐妹一样。"

姬玛丽抚摸着四只灯泡，眼泪流了下来。

"这灯泡是乌仙姐故意给你们留下的线索。每当一个姐姐出事，她就会弄灭一盏灯。""那写着她自己名字的那盏呢?"高婕不解地问。姬玛丽抹了一下滚落的泪水，"她应该是在他们来了之后，通过某种不被察觉的方式改变了灯泡的电压。"

冷玉出事那一夜，乌仙来到姬玛丽的住处，告诉她，是他们干的。他们回来了，找到了上海，要不然冷玉姐背上的皮不会被割掉。而他们无孔不入，防不胜防，所以她们无处可逃。报案的话会更糟，那相当于暴露目标，自投罗网。

冷玉参选前一夜，乌仙曾去暖香阁劝她放弃，说不定那些人还没停止寻找她们。冷玉不干，先是朝乌仙吼，后来又瘫倒在地上哭。她受够了当妓女的日子，宁愿死，也要试一试。而如果真的赢得了"花国总理"，她就能立即摆脱污秽，跻身上流。这样的生活过一天也是舒心的。如果他们真找来了，她就死给他们看。

外面下起了雨，乌仙和姬玛丽抱着对方颤抖的身体哭了半宿，就像前几天，她和冷玉抱着的情形一样。临走时，乌仙告诉姬玛丽，自己给警方留下了一条线索。她说，如果有警探能顺着线索找过来，就说明他们有保护她们的能力，可以信任。在雨中，乌仙摸着姬玛丽的头，跟她说的最后一句话是，"小妹，别害怕"。

"我们姐妹七个是从全国各地被抓到广东的，直到现在也不敢回家，不敢给家里写信，不知道家人的状况。我们组成了一个新的家。她们都叫我小妹，因为我是最小的。

仙女煞   121

那些人却叫我万国，因为我有八国血统。他们想要我的头。"

姬玛丽任凭眼泪不停地流，她脸上的妆越来越花了。高婕擦了擦眼，从后边搂住她的肩。

"被抓走的花醉蝶、范碧珠、乌仙现在已经被做了药引吗？"几次试图开口，五分钟后，华良才真正问出声。

"她们现在还活着，因为还没有举行仪式。"

"仪式？"

"对。凑齐七种药引之后，就会举行炼丹的仪式。仪式举行时，七个人必须都是活的。仪式中间，教主会亲自从我们身上摘取药引。否则，药引就会失去仙气，炼出的仙丹也失去效用。这都是《天书》上说的。"

"《天书》？"华良苦笑着，叹息了一声。

"那冷玉的死……"高婕话说一半，就抿起了嘴。

"应该是个意外。"沉默了几秒钟后，姬玛丽低下头，眼泪砸在梳妆台上，"也可能是她的意愿，为了保护我们六个。"她抽泣起来，不停地颤抖，高婕轻轻拊着她的肩膀。

"但他们还在继续抓人。不对劲。"华良思索着摇头，自言自语，"冷玉坠楼身亡，他们割走她背上的皮可能只是为了交差。但是按照《天书》的逻辑，冷玉死了，就算炼出丹药，也没有成仙的作用。难道，"华良心头一紧，"他们又找到了另外一个阴女？"

"他们无所不能。"姬玛丽说，"我生在英国，长在法国，五年前，唯一一次来中国看望外公，就被他们抓走了。”

姬玛丽不再说话，因为她又被拽进了五年前的那场仪式当中，耳朵里塞满了曲调诡异的梵文唱经。她感到呼吸艰难，因为脖子上的那道疤痕变得冰凉沉重。那里曾扣着一副黑铁箍，将她的脖子牢牢卡住，不能活动，目的是让教主准确无误地砍下她的头。

八

那时，姬玛丽的名字叫玛利亚，她的六位姐姐也各自有着不同于现在的名字。她被铁链捆在粗树桩上，能动的只有眼睛。她的眼里涌动着熊熊火光。火焰从巨大的丹炉里窜出来，炙烤着冷玉赤裸的背。

冷玉被麻绳横吊在空中，她已经昏死过去。翌日辰时一到，她就会被往下放。《天书》上说，当火焰与阴女阴阳交融的一瞬间，阴女的背上就会浮现出一幅金光四射的八卦图。

其他五位少女与姬玛丽一样，被铁箍和锁链固定在树桩上。六根树桩围绕丹炉排成一个圈。姬玛丽的喉咙被热气烤出了一道道疼痛的裂痕。

顺着那两排着装诡异、高唱不止的教徒往前探，可以看到教主所在的塔状座台。那是一个中年女人，脸上文满梵文，左手挂着禅杖，右手摸着女儿的头。她的女儿不过四岁，只能通过绑成辫子的头发来判断性别。透过热气，那张文满梵文的冷漠的脸呈现出错位的扭曲，丑陋得让姬玛丽心中发紧。在看见教主之前，她从看管她们的教徒的闲聊中得知，教主是百年一降大地的神。这一刻，她面朝东方，等待太阳苏醒。当金色的阳光照到她脸上时，她站了起来。

教主和她的女儿朝太阳展开双臂，座台下的两排教徒便也转过身，对着太阳，以同样的姿势膜拜。教主朝太阳唱一句，教徒们就唱一句。姬玛丽知道，曌日辰时已到，仪式要开始了。

座台下的护法扶教主下台，另一名护法端着一个木托盘紧紧跟随。托盘上摆放着斧头和尖刀。

教主领着女儿朝她们走来。尽管姬玛丽已经闭上了眼，脑海里仍旧是教主不断靠近的身影。她觉得身体失去了力气和重量，像一团空气，随着心脏急速跳动。如果不是铁箍和锁链，她一定会躺在地上剧烈地抽搐。教徒们的唱经声震天响，但她依然听得见教主的脚步声。教主的脚步就像踩在她的耳朵上，靠近，再靠近，直到传来一声枪响。

枪响过后，更多的枪声从四周响了起来。唱经停了，取而代之的是痛苦的哀号和纷乱的脚步声。姬玛丽睁开眼，看见的是端枪前行的士兵和不断倒地的教徒。教主已经倒地不起，她的头被打烂了，不断有教徒踩着她的身子跑过去，鞋底沾着她的头发、血和脑浆。枪声很快停止，姬玛丽和六位姐姐被救了下来。一百多具教徒的尸体垒成了一座山。

临走时，范碧珠发现了教主四岁的女儿。她藏在座台后面，拳头塞在嘴里，噙着泪，不出声。乌仙咬着牙，要叫士兵，但是趴在她背上的冷玉捂住了她的嘴。冷玉流着泪说："她还是个孩子！"

冷玉穿着一个士兵给她披上的宽大的军装，她从乌仙背上滑下来，把孩子揣进怀里，艰难地行走。在她们离开荒野时，身后那座尸体山丘冒起了浓烈的黑烟。最终，冷玉把孩子搁在了街头。

她们知道，死去的并非邪教的全部成员。在荒野附近的每个村落里，都潜藏着忠实的教徒。即使坐船到达了上海以后，仍心有余悸，不得不改名换姓，各自生活。她们就这样胆战心惊地过了五年。

"非常想念，或者必须联系的时候，我们会在深夜女扮男装去见某个姐妹。但是三人以上在一起的时候从未有过。"

华良轻轻地点头，问道："就是说，常去暖香阁见冷玉的那个穿灰西装、戴黑色礼帽的男子并非是同一个人。"

"对，我们姐妹六个都去见过大姐。"

"还有一点没弄清楚，"在姬玛丽断断续续的叙述中，华良的脸始终紧绷着，"你说炼丹仪式的时间是曌日辰时。但曌日并不是历法上具体的某一天。曌指的是日月凌空，从理论上讲，每个月上半月的黄昏和下半月的早晨都可以出现日月同辉的现象，因而这一天无法确定。你是否还记得上次仪式的具体时间？"

姬玛丽摇了摇头："我只记得是个早晨，他们对着太阳唱经。"

这时，舞台上的锣鼓点儿响了，班主奔进来，催姬玛丽换行头："快些吧，今晚来捧场的可是新任督军张大帅！"

姬玛丽用手背胡乱擦擦眼泪，起身去穿行头，华良和高婕拦住了她："你不能去，太危险。"

"那怎么能行，"班主两手一摊，"你们查案也不能把我饭碗砸了啊！"

"我来替她！"高婕说，"我小时候学过刀马旦，唱过《穆桂英挂帅》。我也能对付他们，我来演穆桂英再适合不过。玛丽，你快帮我勾脸。"

华良看着高婕，不吭声，他深知她的倔强。他点上一支大前门，焦虑地抽完。高婕扮好行头，与姬玛丽从更衣室一起出来时，他心中的不安变得更加强烈，因为如果不仔细看那双眸子，连他也不能把两人分辨出来。

或许是为了让华良轻松些，高婕摆起架势，唱了一段《穆桂英挂帅》："猛听得金鼓响画角声震/唤起我破天门壮志凌云/番王小丑何足论/我一剑能挡百万兵/我不挂帅谁挂帅/我不领兵谁领兵！"

"好！"班主晃着头，给高婕喝了个彩。一旁的姬玛丽也为她鼓掌。高婕跳到华良跟前，"你怎么老盯着我不说话？你怎么不给我鼓掌？"

"要当心。"华良低沉地说，他眼里的忧虑浓得化不开。但是此外再没有别的办法。慧静和白云锦失踪的消息他已经知道了。刚才高婕在更衣室，他给巡捕房打了电话。

"我的部下马上就到，四人保护姬玛丽回巡捕房，我会和另外十人混在观众席里保证你的安全，并布网抓捕。"他显然没有足够的把握，汗湿的手指急促地相互掐着。

"晓得啦。"高婕抿了下嘴，拍拍华良的肩膀，冲他故作轻松地笑了一下，"我相信你，你也要相信我。你看，我可是穆桂英呐，谁也打不过我！"

四名警探把姬玛丽护在中间，从百星大戏院的后门出来。华良手握雕刻刀跟在后面，查看着街上来往的行人。汽车消失在夜幕里后，华良把雕刻刀掖进袖口。之后他又从后腰掏出手枪，上了膛。

礼堂里的网已经布好了。八名换了便衣的手下分别坐在观众席最外围的四个边角和中点处，华良坐在席位中间。九人连在一起，就是一个田字形的网。老毕守后台，莫天守后门。十一把手枪都上了膛，开了保险。恶狼一旦现身，华良就要倾尽全部力量将其抓捕。奏乐开始铺陈，幕布徐徐拉开，他深长而缓慢地呼出一口气，"魔鬼就要登台了"。

然而一切都是戏院该有的样子。奏乐急缓变动，演员轮转出场，观众叫好鼓掌。或许他们今天不会来，抑或他们同自己一样，坐在观众席里，但是他们嗅到了捕猎夹的味道，因而放弃了行动。华良眼睛朝着舞台，视线散向前面的百余个观众，同时耳朵密切关注着身后的动静。像其他人那样安心欣赏演出是绝对不可能的，高婕在舞台上的每一步都像是踩在高空的钢丝上。他要充当她的防坠网。

没人知道那只白色的鸽子是怎么飞进戏院的。它扑腾着翅膀，到处乱飞，随意踩在人的脑袋和肩膀上，还往坐于最前排中央位置上的张大帅的官帽上投射了一坨稀软的屎。张大帅攥着他崭新的帽子吹胡子瞪眼，"给我打死它！"

话音落下，他的两名部下就站起身，朝空中的鸽子开起了枪。顷刻间，观众席混乱一片。人们抱着头乱叫，惊恐地站起了身。鸽子很可能是狼群放的，他们已经行动起来。锣鼓点儿还在继续，一会儿出场的是穆桂英。枪响以前，高婕就在幕边候场。华良迅速站起身，把前排几个站着的人摁了下去。

她还在。华良呼出一口气。她的影子依然映在幕布上。

不对劲。华良感到后脑一凉，头皮猛地向后掀去。

他左手握着雕刻刀，右手掏出枪，挤出观众席，往前飞奔。八名手下紧随其后，一米多高的舞台全都一步跨上。华良的胳膊挥出去，刀光一闪，幕布垂落在地。

出现在华良面前的是一套挂在木架上的穆桂英的行头，戏服后背上的四支靠旗毫无声息地垂搭着。

仿佛有个炸弹在身边炸响，华良的脑袋里只剩下一团混沌的空气，不停晃荡着。张大帅在台下冲着他跳脚大骂，但叫骂声很遥远，像一朵流云，若有若无地飘在天空的尽头。

华良奔到后台，老毕正在打盹，手里夹着雪茄，看到突然冲过来的华良和跟在后面的行动队后，慌乱地跳起身，大声嚷着："怎么了？怎么了？"

"封锁戏院，全场搜查！"华良喊着冲向后门。他的心里奔踏着狼群纷乱的铁蹄，他从来没有像今天这样紧张过。

莫天趴在地上，他已经被打晕了。黑铁皮门被风推着来回摆，不停磕碰着他的腿。门外面，是吞没一切的黑夜。

戏院的封锁排查一无所获，新的问题已经到来。华良带着特别行动组沉默着回到中央巡捕房时，姬玛丽和护送她的四名警探还都没有回来。这时，距他在百星大戏院门口送走五人已经过去了四个钟头之久。除了姬玛丽也被掳走以外，他再也想不出别的可能性。

华良用手胡乱干搓了几下脸，那双充满血丝的眼睛周围出现了几道明显的皱纹。莫天在诊所包完头，回到巡捕房时，看见灯下那张忧虑凝重的脸后，一时语塞。

"华生啊，你坐一下。"莫天拖了把椅子过去。但此时的华良除了电话铃声，什么也听不见。他俯身守着办公桌，双手摁在电话两边，一动不动。老毕正在外面带着全体巡捕和他手底下那些包打听全租界搜索。

电话终于响起。等了太久，以至于它真的震动在华良耳膜上的时候，像是幻觉一样。

"那四名警探找到了，被人打昏，躺在路边。"老毕丧气的声音里明显充斥着更坏的结果，"汽车也在旁边停着，车门大开。"

"姬玛丽呢？"

"不见了。"

华良心里残存着的唯一光亮熄灭了，剩下的只有狼群经过后的荒凉滩涂。沉默了一会儿，华良开口问："你现在在哪？"

"四明医院，医生正在给兄弟们包扎伤口。"

放下电话，华良走出了巡捕房。莫天想跟着，被他拦住了："一会儿老毕兴许还打电话过来，今夜你值班，随时准备行动。"

但是他很清楚，不会再有电话打来了。

那一夜，华良沮丧地走进黑暗中。一只无形的手始终掐着他的咽喉。道路两旁的店铺都上了门板，路灯也灭了。他感觉自己被夜色吞噬，就像狼群吞噬掉七姐妹，又吞噬掉高婕那样。但是他无能为力。

他一直在走，只有月亮跟随他。然而，那个将圆的发光体很快就被一厚重乌云盖住了，只在云层的边界留下一线惨淡的光，像是无声的呜咽。

华良一直走回了他缩在里弄深处，生父去世后就再也没回过的家，然后，重重地关上了门。

九

华良躺倒在床上，父亲就是在这张床上故去的。华良感觉自己重新变成了当年那个弱小的孩子。然而现在，这张床上早已没有了父亲的味道，只有厚厚的灰尘。

昼夜连轴的奔波让他的身体极度疲惫，但是思维又极其活跃。睁眼闭眼都是高婕。高婕的笑容，高婕的眼睛，高婕扮成穆桂英后跟他说的话，一遍一遍，开火车一样轧过他的脑海。每一幅画面都燃烧着熊熊的烈火。一从百星大戏院回来，他就调出了高婕的档案，查看她的出生日期和时辰。阴年阴月阴日阴时，高婕就是冷玉死后，狼群重新找到的阴女。

祭祀典礼上的丹炉火光熊熊。六姐妹被绑在丹炉周围，横吊在丹炉上方的是衣衫不整的高婕……焦躁的烈火让他从床上跳了起来。一定要在仪式举行前找到她们。他是个沉着冷静的人，从未有过这样的举动。可现在，一个巨大的火炉正在炙烤着他的心。

曌日辰时。究竟哪一天才是曌日？曌日，日月当空的日子。只要天气晴好，大部分日子都有这种天文现象。但是《天书》里的曌日一定是一个特殊的日子。他闭上眼，思维飞转。会不会是反语，天上既没有太阳又没有月亮？

仙女煞　　　　　　　　　　　　　　　　　　　131

不对，姬玛丽说过了，那天有太阳。会不会有太阳，没月亮？

有太阳，没月亮。

他忽然想到了。

曌日说的就是十五。的确是反语。曌，日月当空。而每个月里，日月绝不会同时出现的日子只有十五。

月光从窗外照了进来。将圆的月亮已经摆脱了那重乌云，发出皎洁的光。但是它冷若霜，让华良全身冰凉。此时已是十三日的最后几分钟。后天早晨就是仪式举行的时间。

但是仪式会在哪里举行？不知道地点，仍然等于什么都不知道。那些蜿蜒的河流的幻影依然在心中流淌，散发着血腥味。他强行让自己冷静下来，继续反复梳理掌握的那些极为有限的线索，宛如沉入安静的湖底，双手在纷杂的石子间摸索，试图找到从指间滑落的那一颗至关重要的珠宝。

他砸开老邻居的门，要了面粉和蔬菜，然后钻进灶头间，和面、切葱、生火，一张一张烙葱油饼，一张一张吃下去。他什么味道都品尝不到，也感觉不到腹胀，毫不间断的咀嚼动作唯一的意义是让他持续沉在湖底摸索。就连莫天在弄堂里杀猪般的叫喊都仿佛只是遥远的无人在意的风声。他只是下意识地不时从窗口扔下一张饼，以保证这个小朋友不被饿死。这个乐忠于掼浪头的小朋友在吃得连连打嗝，喊得嗓子嘶哑之后，终于试图像说书人口中的飞天侠盗一样，依靠飞天钩和轻功进入面前这座锁满忧郁的老房子。

但是，当莫天拽紧绳子，双腿像青蛙那样奋力一蹬，仅离开地面半米，紧接着他就摔回了地上，还被坠落的铁钩敲肿了头。再攀，再摔，再被敲。如此反复十余次，莫天的双臂终于如愿压在了灶头间的窗台上。他脸上带着一股兴奋到极致的疯狂。

透过方形的窗框，莫天看到华良还在一口一口地吃着葱油饼，神情和他关在铁笼里的小白鼠一样黯淡。如果华良抬起头，也可以看见莫天鼓满包的脑袋和疯狂的神情。他身后还背着一个包袱，里面装满了咖啡、洋酒、槟榔和大烟膏，他希望这些可以让华良的精神瞬间清晰，恢复往日的活力。华良却没有抬起头，他还沉在思维的湖底，离世界很遥远。窗外传来动静后，他又下意识地伸手去抓饼。铁鏊上已经没有饼了，所以他抄起鏊子，"嘭"一下拍在了莫天的头上。

一声惨叫，一声闷响，莫天四仰八叉躺回到了里弄的青砖地上，失去声息。

半分钟后，他又呼地坐了起来，心间那股救世主光环又发出了盈盈的亮光。莫天不再去理会身边那条绳索，他盘起腿，打开包袱，取出大烟膏点燃，用蒲扇不停地扇着。

幽深潮湿的弄堂里升起了芬芳香甜的烟雾。没有风的干扰，烟阵不断变幻着形状，经过华良面前的窗户，袅袅升到空中去。"福尔摩斯，我的神，你伸出烟斗，点化了我。现在也请把这个迷途中的孩子领上绿洲吧！"莫天闭上眼，双手合十，朝天祷告。他相信他的愿望可以升上天空，被福尔摩斯所感知，因为福尔摩斯不单单是一个书中的人物，而是时刻在蔚蓝的天空中等待度人的神灵。

莫天在迷幻的烟雾旁不停地闭眼祷告，双手合十，逐渐产生了迷蒙的睡意，就像他被人从身后袭击脑干时的感觉。不经意间，一只手扣上了他的脖颈。

那是一只坚硬厚实的手，拥有这只手的人一定是个利落果断的人。莫天深信，如果此人想捏断他的脖子，下一秒的自己就将是一个死人。意识到这一点后，他脊梁上的皮就仿佛被此人扒下来了一样，整个后背冰冷刺骨。他的两只肩胛骨向脖子缩去，然而无济于事，脖子上那只手仍然掌控着他的性命，让他的处境和缺了壳的乌龟别无二致。他闭起眼睛，铆足了劲儿，开始大叫着往前冲。那只手臂却也在增长，一下就把他拽了回来。

"前边无路可走。"莫天听到身后的人在说话。那只手离开他的脖颈，拍了拍他的肩膀，"你应该跟我走。"

然后，莫天的眼睛睁开了，大张着的嘴也合了起来。他整理了一下扭绞着的西装，回过头时，对方已经恢复了往日的神采。

"华生，你不能不信，是我的神，夏洛克·福尔摩斯拯救了你。"

"不，是你的大烟。"

莫天撇了撇嘴："你喜欢这玩意儿？"

"简直是醍醐灌顶。"华良转过身,"时间不多了,我们要赶往督军府。"

"督军府?不是去过了吗?再去还能做什么?"莫天探着脖子,打量着华良的眼睛,"你是被大烟熏傻了吗?"

"你现在要做的,是继续向你的神祷告,以求王博仁卧室里的一切都没有动。"

莫天把挎斗摩托车骑得飞快,在凹凸不平的路上不时飞离地面。在迎面撞过来的风中,华良微眯起眼睛。他的脑子里还氤氲着烟雾。当芳香的烟雾经过窗前时,他思维中浮现出了三个小亮点。那同样也是一些烟雾,分别弥漫在督军府、高婕的诊所和百星大戏院的后台。它们都是所要寻找的河流的痕迹,但是先前,被他大意地忽略了。

王博仁已经彻底变成了一棵腌菜,脸和睡衣都皱巴巴地垂搭着。尽管华良的到来让他眼睛里亮起一线光,但也是一闪即逝,给不了他焕然一新的力量。他沉着嗓子问,小蝶有消息了吗?华良没搭话,直奔卧室:"里面的东西动了没?"

"哪有那心思,"王博仁又把头垂了下去,"我一直坐在沙发上,饭都没吃。是有什么线索?"

华良看到了床头柜上的烟枪,依然与柜边保持着五天前他来督军府时的角度。那天,华良闻到了大烟的味道。他拿起烟枪,走出卧室:"王督军,那天嫂子在洗澡的时候,你是不是正在吸大烟?"

"是。你知道，老弟，我已经在戒了。"他张大嘴，打了个漫长的哈欠，"这几天都没动。"

"我要把烟枪拿回巡捕房化验。"

"化验？"王博仁显然不明白华良的意思。

"是。"华良说，"如果我没猜错的话，有人往你的烟膏里加了东西。"

"加东西？不可能。"王博仁颤巍巍地站起来，薄得像一片纸，"烟膏是我亲自买的，烟枪是小蝶帮我装的。"

"当然不会是嫂子。是狼群，他们无孔不入。"

化验结果出来的时候，掐在华良咽喉的那只看不见的手稍稍松了下力气。尽管离破案尚远，但脚下总算是踩到了石头。大烟膏里确实添加了一种致幻麻醉剂，可以让人在半个钟头内失去知觉。这就是狼群在众目睽睽之下将数人掳走却一直不被发现的秘密。

现在，华良可以肯定，在花醉蝶进入浴室，王博仁拿起烟枪的时候，掳走花醉蝶的邪教徒就已经从正门进入了督军府。当时，本应该在门口站岗的士兵在警卫室打扑克牌，院子里的士兵恐怕也被同样的药物所麻醉。王博仁处于昏厥的边缘，邪教徒进入浴室。花醉蝶在徒劳而短暂的反抗后被麻翻，继而被带走。王博仁以为听到声响就立刻拿枪到了浴室门外，但那时花醉蝶已经被掳走了大概半个钟头。

范碧珠被掳走的方式如出一辙。在迷烟的作用下，守在手术室门外的护士陷入了昏迷，对掳走的过程全然不知。而当时高婕正在离手术室较远的办公室打电话，也没有听见动静。他们应该也是把范碧珠麻晕之后，从诊所的正门离开。尽管华良赶到时，手术室中尚残存着迷烟味，但被当成烟斗散发的味道而忽略。有那么一瞬间，华良在某种程度上觉察到了不对劲，但那只是一种模糊的感觉，随即就被莫天发现的腰牌转移了注意力。

而高婕，大概也是被麻翻带走的。在鸽子引起的短暂混乱里，邪教徒从后台掳走了准备上台的高婕，同时在幕布后面替换成一副行头。把守后台的老毕和那些候场的演员都是一副昏昏欲睡的样子，这正是邪教徒往后台施了迷烟的表现。但是当时老毕手里捏着点燃的雪茄，就算华良当时足够冷静沉着，也很难想到。

然而有一点华良搞不清：乌仙的失踪地点并没有留下烟雾。乌仙是从她那间狭窄密闭的工作间消失的，他和高婕赶到的时候，茶壶的碎片还有余温，说明乌仙被他们掳走不超过十分钟。密闭的空间，短暂的时间，烟雾和味道绝不能消散干净。难道这一次，狼群没有使用麻醉药剂？那他们是怎么离开的？

"去乌仙算命馆！"华良拍了下莫天的肩膀，奔了出去。

此时，已经是十五日的凌晨。不到两个钟头天就要亮了。篷布警车的引擎声和急转弯时轮胎磨出的尖厉声响冲撞着清冷的街道，仿佛随时都能把纤薄的夜色冲破。

十

"华生，你找什么？"莫天站在乌仙的算命室中央，头戴礼帽，嘴叼烟斗，摆着福尔摩斯的架势。

在昨天，乌仙的助理请电工在算命室里安了一只大功率的灯泡，因而原本逼仄昏暗的空间变得十分明亮。华良在里面来回走动，双手不时浮上墙壁，上下摸索。"找一扇看不见的门。"他说。

"暗门？唉，别费劲啦，肯定是博古架。书上都是这么写的。你看着。"莫天双手抱住博古架上那只最漂亮精致、与众不同的花瓶，轻轻一拧，然后看向华良，脸上露出魔术师那种"奇迹将现，敬请期待"的庄重微笑，说："你将听到一声低沉的响动，博古架随之徐徐旋转开来，一扇光明之门出现了！"然而"那声响动"并没有发生，直到莫天的笑容变僵，也没有任何动静。

莫天眨巴眨巴眼，干笑着拍响了手掌。"虚惊一场吧！现在我可要来真的了，别眨眼！"他把双手又放回花瓶上，"这个花瓶呢，肯定是提不起来的，因为花瓶底部连着开启暗门的机关，我一提，暗门就会打开。"话音刚落，花瓶就被他轻飘飘地拿了起来。

"噢，一定是这套书。"莫天放下花瓶，又把手搭在了

　　　　　　　　神探华良系列

一套很厚的书上，"看好了啊，简直就像魔法。"

之后，莫天又挪动了望远镜、水晶球以及其他瓶瓶罐罐和书，华良一直都在旁边看他折腾。"华生，你推断有误，根本就没有暗门嘛！"莫天气恼地离开博古架。华良走上前，朝博古架侧面的木板踹了一脚，博古架就响动着向外旋转了九十度，闪现出来的是一条漆黑的通道。

"你们这些粗人只知道使用暴力，从来不想着动用智慧。"莫天不无诧异地看着通道，又假装不以为意。

"难道你没发现那里有很多脚印吗？"华良擦亮打火机，走进了潮闷的通道。

莫天也从口袋掏出他心爱的有雄鹰浮雕的 ZIPPO 火机，紧随其后。火光摇曳不定，两人扭曲的影子晃动在通道凹凸不平的土壁上，像张牙舞爪的巨兽。"华生，这里面太闷了，像是走在鲸鱼的直肠里。"

"别废话，留心线索。"

"哪有什么线索，只有蟑螂的脚印。"

"那就分清楚是公蟑螂的脚印还是母蟑螂的脚印。"

大约走了两百米，通道断了。拦在华良面前的是一扇低矮的木门。华良俯下身去，仔细打量，刚想伸手，莫天拦住了他，"这是一扇机关更厉害的门，只有我会开！"说完一脚踹向木门。

随着一声木头破碎的声音，一些边边角角的光线纷乱地洒了进来。莫天的声音里显出委屈的意味："华生，我的腿被卡住了。"

仙女煞

"福尔摩斯·莫,这扇门不是这么开的。"华良把莫天的腿从木门的窟窿里拽出来,拔开门上的插销,轻轻一推,金色的阳光就冲撞着扑了进来。

当两人从小门里钻出来时,几个推木车卖早点的老人正停在原地,满脸诧异地盯着他们,仿佛在看从没见识过的奇特生物。莫天拍拍身上的土,笑着朝他们招手示意:"古德猫宁!"

"这里竟然是霞飞路。从圣光路到霞飞路,本来是要绕一个大圈的。"华良看着面前宽阔的霞飞路,感到不可思议。电车缓缓驶过,恍若梦境。

"还真是一群狼,比狐狸狡诈,比老鼠会打洞。"莫天点燃烟斗,吸了一口,说道。

"这应该是乌仙给自己准备好的逃生路线,然而教徒们恰恰从这里掳走了她。"朝霞在华良的眼睛里涌动。往日他最喜欢这般晴朗平和的早晨,但这金色的云彩烈如火焰,灼疼了他,只因为这是十五日的早晨。

华良抹起袖子看了眼时间,五点整。卯时开始了。离仪式开始仅剩下一个时辰,而他依然不知道仪式举行的场所。

华良回过头,想返回通道。除了再检查一遍狼群走过的路径,别无他法。他弓起身,一只脚已经踩上了通道潮湿的土。这时,脚边一个小东西拽住了他的眼睛。

那是一块比指甲盖还小一些的泥土,菱形,其中一面平整光滑,呈黑色。华良拿起这块泥土端详着,确定它来自一双男式胶鞋的鞋底。在这只脚出门槛的时候，泥土被蹭了下来。他记得，那些留在高婕诊所里的鞋印上带着的也是菱形花纹。他冲了出去，"回巡捕房化验！"

化验结果出来的时候已经是六点钟，距离辰时仅剩半个时辰。在等化验结果的时间里，他守在化验室外面，像一座落地钟一动不动。他能真切地感受到一秒接一秒逝去的时间，就像从心脏里不停流淌出来，再也无法收回的血。

泥土里的黑色物质是煤。

作为狼群中的一员，那名邪教徒曾经踩在煤堆上。狼群的聚集地会不会是某个煤场？然而上海近郊有不少小煤场，只能逐一排查。想要在半个时辰里完成排查工作是不可能的。汹涌的火焰发出吼声，六名女子被铁链捆在树干上，而高婕悬在半空，被火焰吞噬……华良一再把这些画面从脑海里摁下去，然而它们又立刻向外鼓出。他坐在办公室里，用麻将牌敲打着桌面，反复盘点那些零星的线索。忽然，他握麻将的手停住了，拇指移开，露出牌面上血红的字，"东"。

难道祭祀场所在东边？这也是乌仙为了避免他身边潜伏着狼群，因而通过暗语的方式告诉他的线索？

华良奔到地图前，查看上海近郊那些分散的煤场。如果祭祀场所真的在上海东部郊区，目标范围就缩小成了两个：春旭煤场和福寿煤场。

加上华良及他手下的特别行动组，巡捕房一共有三十五名巡捕。而根据姬玛丽的叙述，祭祀时的邪教成员有上百名。时间紧迫，从各下属巡捕房抽调人员支援绝不可能。唯一有效的解救方案是三十五人扑向一点。春旭煤场离中央巡捕房最近，以最快的速度行进，车程大概二十分钟。

华良决定赌一把。

当载着三十五名巡捕的篷布警车和挎斗摩托开出公董局的时候，华良的心脏跟着手表上的指针不停地蹦跳。

六点十五分。

高婕被横吊在空中。

尽管丹炉里的火焰还烧不到她的背，但是那些让空气扭曲升腾的热气从未有一刻不折磨她。在经过近半个钟头的烘烤之后，她已接近昏厥。捆住手腕和脚腕的麻绳带来的钻心疼痛已经消失了，恍惚中她觉得自己很轻，就像那片在热气里翻滚着向上的羽毛和天上的彩霞。她半睁着沉重的眼皮，努力望向羽毛和彩霞，以让自己清醒起来。

彩霞都是火焰的颜色，但她并不害怕。因而在她的眼睛里，那些云彩都变成了华良坚毅的侧脸。她始终相信这个沉默如云，迅疾如风的男子。他会来的，一定会。

在百星大戏院晕厥之后，高婕再次醒来是在山洞的木笼里。在她身边紧挨着坐在一起的是姬玛丽、乌仙、范碧珠、花醉蝶、慧静和白云锦。她仿佛还看见了冷玉。在意识模糊的情况下，她并未发觉那是一个木笼，以为这是团圆相会的温馨场景，是自己虚幻的梦境。在戏院后台，她把哭泣的姬玛丽搂在怀里的时候，脑海中就曾产生过此般愿景。但是，朝她围过来的六姐妹的手又带着分明的实感。冷玉的幻影消失了，六姐妹眼中宛如黑冰的恐惧流淌出来。

现在，六位姐妹再一次经历绝境。丹炉、火焰、锁链、铁箍，甚至是每个人所处的位置，都和五年前一模一样。她们从来没有逃离。在两长队教徒的尽头，仍旧是那个塔形座台。尽管热气扭曲了座台上的教主的脸，她的脸也因为岁月而发生了变化，但她们认得出那无疑是五年前的旧人。

太阳从稀疏的树丛中毫不含糊地钻出来，照耀着高婕和六姐妹，也照耀着坐在塔形座台上的教主的眼睛。这时，高婕听见地面上传来了曲调古怪的唱经声。她斜过脸，看见原本坐在座台上的女孩站了起来。她脸上文满黑色的梵文，身披红袍，应该不到十岁，远矮过手里的法杖，却显现着超越年龄的统治力。她对着太阳展开双臂，念唱经文，教徒们顺从效仿，齐声跟唱。

六姐妹被铁链捆住的身体开始剧烈地颤抖。唱经声里，幼小的教主拄着法杖走下座台。她在六姐妹的视野里越走越近，越走越清晰。五年没见，她仍然幼小，然而褪尽稚气，脸上形状诡异的刺青展露出阴森的邪恶。端着尖刀和斧头的高大教徒躬着身子，极为恭顺地跟在她后面。六姐妹方才得知，这个五年前自己救下的女童才是真正的教主，而她被子弹击碎脑袋的母亲也只是她的信徒。六姐妹闭上了眼，她们的眼皮随着她迫近的脚步不停地跳动。这回，不再有突然打响的枪声。

教主最先来到花醉蝶面前，从托盘上取过尖刀，在花醉蝶的手腕上轻轻一划，光滑细嫩的皮肤上就翻开了一张嘴。鲜红的血涌出来，缓慢而连续地越过她纤长的手指，落在地上的金箔里，发出滴答滴答的声响。

华良到达春旭煤场的时候是六点四十分，但煤场里并没有狼群的痕迹，更没有高婕和六姐妹。这里只有堆成山丘的煤炭和几个赤膊蹲在地上吃面的苦力。

朝阳变得有些刺眼了，华良眼里却是经历了一次黯淡的落日。福寿煤场在十五公里以外，连接两处煤场的唯一路径是一条崎岖的土路，中间还拦着一座汽车和摩托都无法通行的木桥。华良可以预想到，当他们拼命赶到那里时，迎接他们的场面会让他这一生都无法成眠。"打道回府吧。"老毕摘下帽子，往脸和脖子上不停地扇着风，"我可没有看风景的雅兴。"

华良感到内心正在坍塌。就连莫天也失神地松垮了下去，他心脏的波动甚至肉眼都看得到——制服下面，心脏处正在不停地鼓涌——然后那里忽然出现了破口，一只白色的小脑袋钻了出来。是高婕十分喜欢的那只小白鼠。"那天女魔头走后，它就再也没进过食。我把它带来，原本是想送给她的。"莫天低头望着小白鼠，神色黯然。

相较两人，小白鼠活泼得多。它从莫天的衣服里钻出来，跳到了地上，迅速向前窜去。莫天没有像往日那样逮它，任它而去，"走吧，你想去哪就去哪。"但是华良冲全部巡捕大喊，"跟上它！"

小白鼠在草丛和石块间穿梭，毫不停歇，直奔春旭煤场东面的那座平顶山。

十一

在奔到山顶之前，华良就听到了一声唱经掩盖不住的惨叫。

那是范碧珠发出来的声音，教主用一柄金杵插穿了她的手掌，将她的手固定在一块陈年桃木上。往日在琴键上娴熟游走的六只手指此时痉挛曲张，不停哆嗦，像被剁去了头的某种活物的残躯。又一阵剧痛传来，她的另一只手也被钉上桃木板。教主接过刀，从指根利索地切掉了范碧珠两手的末指，摆在盘中。

华良在飞奔中朝天上开了一枪。与此同时，他身后的巡捕化作两队，从两端跑上平坦的山顶，朝中央的祭祀仪台围拢。

两队教徒也作出了迅捷的反应，极速跑动，把教主和六姐妹围在中间，各自从法袍里抽出了雪亮的新月般的弯刀。六姐妹的脖子上，都勾上了一把同样的雪刃。这时，华良看到一个红色的身影像花朵一样，从教徒中间旋转而起，稳稳地踩上了教徒的头。

华良没有想到，狼群的首领竟然是个孩子。他更没有想到，自己有生以来用枪指着的第一个人，是个不足十岁的女童，"投降吧！"

对方不说话，用蜥蜴一样的冷光久久地盯着他，双方仿佛是语言不通的两个物种。她晃了晃手里的麻绳，然后松开手，麻绳从她指间迅速上蹿，同时高婕开始急速下坠。尽管绳子被她及时收住，但高婕已经距离火焰不足两米。被汗水湿透的头发凌乱地粘在高婕的脸上，她艰难地侧过头，咧开布满血口子的干涸的嘴唇，朝华良笑了一下，轻声说了句什么。炉里的木柴不时发出炸响声，就像从华良的脏腑中发出来的爆裂声一样。

"女魔头，你坚持住！"莫天朝着高婕大喊，"没有我福尔摩斯·莫救不了的人！"

只有华良知道，高婕的话并非是跟他说，而是对人群脚下的那只小白鼠下的指令。小白鼠从教主身后爬上绳子，又顺着绳子爬到高婕身上，尖尖的小鼻子朝她不停地扭动。"咬断它。"高婕抬抬手，轻声说着。小白鼠爬到捆住她双手的绳结上，咬断它并非难事。之后，它又溜到捆住高婕脚踝的绳子上。

为了吸引注意力，在小白鼠啃咬绳结的时间里，华良主动跟教主"谈条件"。

"你可以在两个选项中做决定。"对方的声音让华良大为诧异，因为她的声音完全不像从一个不到十岁少女的喉咙里发出来的。准确地说，那根本不是人的声音，粗糙低沉，宛如席卷大漠、裹满沙粒的风声。

"第一个，你们收枪离开。等仙丹炼成，我自会把半颗仙丹送到贵府。半颗仙丹虽不能使你成仙，但可助你延年益寿，活过五百岁。"

"活那么久也是件烦心事吧。"华良低下头，搔搔耳朵，假装在思索一番后忍痛拒绝，"第二个选择呢？"

"你和你的手下可以开枪。不过，在你开枪之前，我的手会松开，我徒弟的刀也会割下她们六人的头。总之，无论你做什么，都改变不了七仙女升天的宿命。这是神的旨意，你无法违背。"

华良的余光瞄向高婕，她手脚上的麻绳都已被咬断，小白鼠钻进了她的怀里。

"你选哪一个？"

华良依旧在搔头。莫天咬着牙冲他耳朵喊叫："你还啰唆什么，跟他们拼了！"

"你选哪一个？"教主又朝华良晃起了绳子，"你再不决定，药女的血就要流光了。你的心上人也会变成焦炭。你要知道，我和我的徒弟们都已是钢铁之躯，刀枪不入，就算你有第三种选择，也不会得到想要的结果。"

"好。那我就选——"华良垂着头，妥协似的叹了口气，"第三种！"他突然抬起头和握枪的手，朝教主开枪。

教主翻到地上，蜷成一团，刺猬一样滚进人墙。她躲开了那一枪，同时也松开了手里的绳子，并且向华良射过一道雪亮的光。那是一柄精钢锻造的飞刀，在华良的手腕上掠过时割出了一道口子。

高婕往火中坠落。她挣开手脚，全身使力，横着的身体在空中翻起，双脚踏在丹炉上。鞋底在与滚烫的丹炉沿口触碰时腾起一阵烟雾。她向上一跃，又在空中翻转。由于体力已消耗殆尽，一落地，高婕就摔倒了。她感到很累，很累，全身各处都需要坚实的依靠，从未像此刻这般深爱土地。在闭上眼之前，她先把手伸进了怀里。小白鼠还在，正用湿漉漉的鼻尖触碰着她的手指。

和华良猜测的一样，教徒并没有砍下六姐妹的头。要凑齐这些药引绝不是件容易的事。教徒们握着弯刀开始突围，密集的枪声也响了起来。巨大的丹炉上火花四起，布满孔洞，很快就分崩离析，从中滚出一大片火焰。

教徒们对自己的钢铁之躯深信不疑，他们撕开法袍，挺起文满字符的胸膛，面无惧色地往前冲。华良看到，其中还有几个女人。那个叫阿眉的姑娘也在其中，但是那已经是截然不同的另一张脸。从枪膛里打出的灼热子弹轻松地穿入了阿眉和其他人的皮肉，打碎骨头和脏器后，从身后炸出，爆开了一个个血洞。而他们已经成了一具具尸体，尽管还带着温度，还在不停地抽搐。

莫天带人解救六姐妹，华良四处寻找，最终在塔形座台的后面找到了教主。她蜷缩着，大半张脸埋在两腿间，凶狠地盯着华良，像摆脱不了捕兽夹的孤狼，在绝望中虚张声势地咆哮。

"杀了他。"老毕咬着牙说。

"那可不行，她还是个孩子。"华良看着她，长长地叹了口气，"控制起来，带回去吧。"然后他又急匆匆奔了出去。

高婕先前躺倒的位置上盖满了从破碎的丹炉里滚出来的燃烧着的木头。他环顾四周，六姐妹都已经从木桩上被解救了下来。范碧珠手上的血止住了，但是花醉蝶晕了过去，脸色苍白如纸。华良吩咐部下，立即送她们去医院。

最终，华良在远处的一棵大松树下找到了高婕。她倚着树干，朝华良露出半张虚弱的笑脸。

"你，还好吧？"华良坐到对面，但是他不敢看高婕布满伤痕和灰尘的脸。

"好着呢。"她的声音很小，很沙哑，但是听得出她还在笑。

过了好一会儿，华良才抬起头，道："这几天，我很害怕。"

高婕捋着怀里的小白鼠，又笑了一下："我跟你说过，我相信你，你也要相信我。"

良久，华良才回应了一句："你还真的是穆桂英。"

十二

华良和莫天来到高婕诊所的时候，范碧珠、乌仙、姬玛丽、白云锦、慧静五姐妹正坐在走廊的一条长凳上。看到两人到来，她们愉快地站起身。她们颈部和手腕上的伤都已结了痂，范碧珠双手上包着高婕为她新换的洁白的纱布。

五姐妹又坐回了那条长凳。对于五个人来说，那条长凳显得很拥挤。其实一旁还有另一条长凳，但是她们显然更享受像连体婴儿那样挤在一起。金黄的夕阳穿过玻璃，铺在五姐妹素色的衣服和未施粉黛的脸上，显现着安详的色调。华良觉得她们好像回到了五年前的少女时代。当然，这并不等同于那张老照片上的她们。尽管她们的眼底或许仍遗留着哀伤的神色，但是愉悦的光彩才是她们心中此刻的主题。莫天趴到华良耳朵上，问："华生，你说姬玛丽有没有心仪的男子？""我帮你问问？"莫天的头立刻不停地摇了起来。

不久，换完药的花醉蝶从诊疗室走出来，跟华良和莫天打了个招呼，坐在了白云锦的腿上。她也是素衣素妆，美得像一株郁金香，和督军府墙上那张照片判若两人。高婕跟在花醉蝶后面，关门之前，她问华良的手腕用不用再上次药，华良摇了摇手。小白鼠从她白大褂的胸袋里钻出来，爬上肩头，冲着莫天吱吱乱叫。

"你个忘恩负义的小东西，还敢冲我发脾气，信不信我再把你带回实验室？"莫天抬起双臂，手指弯成爪状，冲小白鼠龇牙咧嘴。小白鼠后腿着地站起来，也朝莫天张牙舞爪，叫得更加厉害了。

"小东西，有了后台你就硬起来了！"

"怎么，你还想让我亲自动手吗？"高婕腰一叉。

"那我可惹不起。"

所有人都笑了。

"碧珠和小蝶的伤口都恢复得很好。再养两个月，碧珠就能继续弹钢琴了。小蝶你要多吃点营养品。"高婕脱下罩在外面的白大褂，挂到门把手上，"我们出发吧！"

华良和莫天分别开一辆汽车，带七位女士去码头。

一周前，华良托格雷帮忙，跟姬玛丽远在法国的父母取得了联系。今晚，姬玛丽要坐轮渡去法国。之后的一个月间，其余五姐妹也要陆续回她们的故乡。

在码头，莫天帮七名女士拍了几张合影。她们站立的位置跟五年前那张老照片上一模一样。高婕站在最左边，那是冷玉曾经的位置。现在，六姐妹把高婕认作了姐姐。她们身后，是灿烂的夕阳和辽阔的大海。海水的清香围绕着所有人。

"我会把照片寄到你法国的家。"莫天跟姬玛丽说。姬玛丽朝他粲然一笑。莫天甚至想写一封信一起寄给她。看着姬玛丽淡蓝色的眼睛，莫天心中产生了一些惆怅。"幸好她还回来。"他在心里对自己说。实际上，六位姐妹在回故乡小住一阵之后，都会回到上海，在她们的新家团聚。

她们的家是一座位于彤云路并不十分宽敞但是带小花园的漂亮房子。冷玉在决定参加"花国大选"的同时，用全部积蓄买下了它。这阵子，一下班，莫天就会骑着摩托车，带着玫瑰花去那里，帮忙粉刷油漆，添置家具。姐妹们住在一起，种花、买菜、晒太阳是她们长久的愿望。如今黑夜退去，狼群消失，一切终于回归了阳光下的平静。

夕阳渐渐落下，载着姬玛丽的轮渡渐渐变成一个小点，最终在昏暗中隐没。华良和高婕仍并肩坐在防波堤上，久久地看着大海，倾听潮水的声音。

"第一次见到你的时候，我就想起了大海。"华良看着海面说。

"为什么？"

"你的眼睛和大海一样清爽纯净。"

"华探长还会说这种穷酸话。"高婕撇嘴笑着。

"有那么一瞬间，我以为那天的朝阳就是我看到的最后一次朝阳。"过了一会儿，高婕才重新开口，声音很轻，像是浅淡的风和叹息。

"我也仍心有余悸，"华良说道，"总担心现在并非真实的结果。"

"我们待在这里，看明天的太阳吧！"

"它一定会出来的。"

华良握起了高婕的手，高婕的手比他想象中柔软。这一刻，高婕眼睛里的倔强也全都替换成了温婉。她看着华良线条笔直的侧面，没有再说话。

华良也没有再说话。两人一动不动地看着大海。在最后一抹余晖里，两人的剪影紧靠在一起，仿佛从一开始就是一体的。他们高低不同的肩膀成了小白鼠的游乐场。它十分欢快，不停地上下跳跃，来回穿梭。

死　档

一

　　在这个九月的深夜，秋风最先吹进了上海的边郊。它冲撞着那辆颠簸中的军用卡车的帆布篷，在杜长风耳边发出连绵不绝的呜呜。

　　杜长风抬起上着铐子的手，摸了摸开裂的嘴唇。血已经硬了。那是被赶上车前狱警用枪托打的。他的门牙也随之开始晃动，舌头稍微一顶，便隐隐作痛。他边舔弄着门牙，边想象刑场的样子。残留在口腔里的血腥味犹如滴在水中的墨，不停地蕴荡着。

　　污浊的车篷里响起了男人的哭声。开始是一个人，很快增加到三个，五个，连成片。杜长风身边那个一直沉默的男子却唱起了《国际歌》。上车前，杜长风就注意到了他。他像甲胄一样隆起的胸膛上裂满了纵横交错的血口子，那是皮鞭疯狂舔舐后留下的痕迹。在彻头彻尾的黑暗里，唯独他的眼睛在闪光，宛如两只遥远的火把。

　　装满囚犯的通用牌卡车拱着一截黄光，在蜿蜒的土路上行进。从高空俯视，它像一只黑夜里随意飞行的萤火虫。

然而它有明确的目的地。它的目的地是马斯南路监狱。杜长风很清楚，从看守所移交到那里，就离枪决不远了。前些日子，法庭对他下达了死刑的判决。法官是一个面无表情的中年男人，在宣读了多年的审判结果以后，他的声音呈现出事不关己的生铁般的冷峻。那一刻，杜长风觉得自己被牢牢钳在了某种巨兽的钢牙铁爪之下。

杜长风在后背倚着的那些铁棍上摸索，上面缠着一些用来固定帆布篷的铁丝。杜长风摸到一根铁丝，摇晃着掰下十来公分，然后捋直，将之插进手铐的钥匙孔。

他能开各种各样的锁，眼下要开的手铐和脚镣可以说非常简单。之后，他在车斗里摸索、爬动，逐一为其他二十三名囚徒打开了镣铐。

他无法让自己和那二十三名死囚逃脱，因为篷布包着的是一个铁笼，而他和那把砖头大的铜锁之间，还隔着一块一公分厚的机枪都打不穿的钢板。对这一点他很清楚。所以，打开镣铐的目的仅仅是为了让刑场显得不那么迫近。他蜷回先前的位置，怀念着香烟在肺部短暂停留时的满足感，深长地吸了一口气。

在秋风的呜呜里，杜长风闭起眼，随着他无法主宰的航船般的命运不停颠簸。忽然，他被一个大浪头掀翻了，和其他滚动的人冲撞在一起。同时响起的还有轮胎尖厉的摩擦声。卡车停下了，接着枪声就响了起来。

子弹不断打到钢板制成的笼门上，发出金属冲撞的巨响和颤巍巍的余音。驾驶舱也传来了玻璃破碎的声音和狱警的惨叫。"册那，打掉我耳朵啦！""册那，人在哪儿？"

"不会来土匪了吧？"车篷里有人喊，所有人推挤着趴成一团，瑟瑟发抖，像一堆互相把对方扎疼却又无法分开的刺猬。驾驶室也放起了枪，每响一声，杜长风的嘴角就不由得抽动一下。他预感会有一颗子弹穿透帆布篷，把他那场荒唐的枪决提前。然而枪声很快又停了下来。在突如其来的寂静里，车外只有风吹动帆布篷的声音。

最先扒拉开人堆站起身的是那个唱《国际歌》的男子。他走到车斗边，踹向笼门。那块沉重的钢板竟然打开了。凉爽的风吹进来，白亮的月光也浸染进漆黑的车篷，让杜长风产生了一种如梦初醒的感觉。

"快走！"男子回过头，冲着挤成一堆的几十个脑袋大声招呼，"逃命去！"

没有人动。直到男子魁梧的身影隐进路旁的树丛，在车斗里趴着的人才突然醒过来似的争相跳下车，四散奔逃。

杜长风从车上跳下来的时候，四周已经空无人影。卡车停在一道弯曲坎坷的沙石路上，像一头死在路途中的老牛。风摇动着路两旁黑色的树丛，空气里飘浮着汽油、硝烟和血的味道。杜长风的脚旁是那把砖头大的铜锁，被子弹打断的锁舌像断牙一样残存在锁身上。他捡起铜锁，攥在手中，绕到车头旁。

驾驶舱里的两名狱警已经死了。仪表台上扔着半支熄灭的烟。杜长风用肘击碎破破烂烂的车窗玻璃，伸进胳膊取出烟。又从靠近他的那个狱警的制服口袋里掏出打火机，把烟点上。在半支烟的时间里，他一直盯着车里的两个狱警。副驾驶座那个狱警，左耳只剩半个，胸膛穿过了最少十几枚子弹，变得像被犁烂的土地。靠近杜长风那个，大半张脸被打没了，方向盘上淤着他的脑浆，完整的只有一张嘴。那张嘴大开着，像要发出呼喊。

黑夜里窜出了一声呼喊。杜长风眼里跃动着两团火，胸中充斥着喷薄欲出的愤怒。即使火焰中轰然的炸响和翻滚的车体也不能使之平息。直到火焰逝去，黑暗重至，他才把半年的牢狱之灾、死刑的判决和突如其来的自由真切地联系到了一起。于是，他的吼声变成了呜咽。

二

每天醒来，莫天都要先撕掉一张日历。自从姬玛丽走后，他就开始抱着日历牌睡觉。这阵子没什么大案子。华良在还好些，然而他又从前天开始休假。自己暂时归老毕管，总被老毕支使来支使去，要么给老人找猫，要么帮瞎子开锁，无一不是在糟蹋着他被神赐予的智慧。日子像被蜗牛驮着走，终于熬完一天，回头看去，一地浑水。

十月十九日。这一天还没开始，就被莫天攥成团，扔进了垃圾桶。他无望地叹了口气，距离姬玛丽坐船回上海的日子还有二十七天。当然，她的归期也只是莫天估算出的最早日期。莫天又闭上眼，试图以睡眠多吞噬一些厌烦透顶的空白。但是保姆敲门，催他吃早点。被他骂走后，莫向南又亲自来催。敲门声不急不躁，相当耐心，毫无放弃的意思。"哎呀！不吃不吃不吃！无聊的鬼日子！"莫天蹦下床，拖着制服就下了楼，把莫向南晾在身后。这时的莫天不会知道，两个钟头以后，他面对的将是惊心动魄的时刻。

一个半钟头后，他咬着笔帽，想构思一首情诗献给姬玛丽。老毕手插着板带晃过来说，就看不惯他努力思考的样子，简直比死了亲爹还难看。之后，老毕又把特别行动组的其他人挨个挖苦了一番，尽显首领姿态。离开五分钟后，老毕再次出现在办公室，这回是跑进来的。原本用心打理，服帖地趴在他头皮上的那几缕残发像垂柳一样晃动，他嘴里的铜哨子吱吱地吹："紧急集合！紧急集合！巨福路发生特大人质抢劫案！所有巡捕紧急赴现场救援！快！快！"

"我才不去呢！"莫天抖着肩摇头晃脑，在信纸的第一行写下了姬玛丽的名字。他喜欢看老毕火烧屁股的糗样，"我可是神探，不干粗活儿。从今天开始，没有案子，我就当一个诗人。"

"小赤佬，你知道抢劫案在哪吗？"老毕朝莫天冲过来，"是莫氏银行！你老爹的银行！"

莫天跳了起来，把老毕撞个趔趄。他奔到楼下，骑上挎斗摩托车，在燥烈的引擎轰鸣声里，全速冲向巨福路。

数辆篷布警车远远地落在后面，里头载着中央巡捕房的其他全部巡捕。

莫天骑着摩托车闯入银行大厅的时候，华良已经到了。他站在柜台后面，穿一身黑色西装，比穿制服时显得更加笔挺干练。他的旁边是银行会计老陆、出纳小刘和三名顾客。尽管他们身上的绳子还没解开，但凡是华良所处的地方，一切总能被他牢牢掌控。虚惊一场，莫天长呼一口气，拍打着自己鼓胀了一路的脑门："华生，跟着我你进步很快嘛。假以时日，就能独当一面啦！"

随后莫天问起他父亲，华良利索地走进里间，把莫向南带了出来。莫向南的双手也被反绑着，嘴巴上勒着领带，脸涨得通红。"赶紧给解开啊！"莫天朝华良佯装嗔怪着，"陪我爹多下两盘棋，给他压压惊。爹，该吓散架了吧！"说完他就哈哈大笑了起来。他总是一笑起来就没完，然而这次，笑声像被突然拧断似的，戛然而止。打断它的是莫向南脑后那声突如其来的枪响。

屋顶的洋灰墙皮落下几块，空气凝滞震荡，仿佛一场剧烈坍塌的开始。莫天无法相信自己的眼睛，被惶惑抽空了思维。在他疾速收缩的瞳孔里，华良和手里的枪都漆黑如夜。莫天猜测自己处在一个荒诞的梦里，否则华良怎么会成为抢劫银行的人。

"我要钱！"华良朝莫天大吼。印象中这是他有生以来第一次对人吼叫。接着，他把枪口挂上了莫向南的后脑，"这位官爷，你猜，如果我朝这老家伙头上开一枪，能不能解开领带上这个扣?"

"华生你掼什么浪头!"莫天从摩托车上跳下来,往柜台前冲。但华良的厉喝像一堵墙,当即堵住了他的脚步,"往后退!"华良眼里的冰冷莫天从未见过。他木怔怔地站在原地,看着华良把一只布口袋搭到肩上。布口袋发出哗啦哗啦的声音,那无疑是几百块银圆相碰所发出来的声音。

"这位官爷,你要再往前走一步,就没法收场了!滚出去!"华良的声音毫不含糊。他的行动也比任何人都毅然决然,这一点莫天最为清楚。可是他搞不懂,短短两天时间,自己最为信赖的朋友怎么就变成了一个陌生人?华良无疑也是自己众多朋友里唯一一个受父亲欢迎和期待的。事实上,每次到访,父亲都会跟他喝茶、聊天、下围棋,两人结下了忘年之交。可是现在,华良用枪顶着他的头。

又是一声枪响。

"我让你出去!"华良大喊着。被打掉的墙皮簌簌下落,砸到人质身上和水门汀地面上。篷布车里的巡捕已经赶到了,他们挤在大厅外面,抻着头向里张望。老毕扒拉开几个脑袋,露出一张哆嗦的嘴,"出来啊,小赤佬!"

莫天从观望的人群里挤出银行时,一辆黑色的别克车开了过来。格雷从车上下来,把莫天叫过去询问情况。莫天耷拉着脑袋,像从咸菜缸里泡蔫的黄瓜。他唯一能想出的华良抢劫银行的理由是,这家伙被之前的邪教组织施了法术。"胡说八道!"格雷瞪了他一眼。老毕哈着腰凑过来,用警帽给格雷挡住燥烈起来的太阳光:"处长,就是那小子

死 档   163

没错!"

格雷越过几十个灰色的警帽,朝银行大厅张望,表情随即变得凝重。这让老毕颇为得意,但格雷并没有理会他,而是把莫天拉到了无人的路边。

"事已至此,有些事情需要你知道。"沉默了片刻,格雷才开口。他的汉语比以往任何时候都蹩脚,仿佛嘴里堵着一颗吐不掉的石子,"平日你所跟随的探长并非真正的华良。"

"并非真正的?"莫天以为这几个字只是外国人常犯的表达错误,但是格雷重申了一遍,"假的,懂吗?真正的华良,失踪了。"说着,他往天上撩了一下手,面色颓丧,转而把脸也抬起,望着天空,仿佛在查找什么。天上只有一朵灰色的流云,把太阳挡住,倾吐出越来越复杂的形状。

莫天毫无底气地问:"从什么时候开始的?"

"从你见到他的第一眼开始。"

格雷看着继续延展的云彩,长长地叹了口气:"华良在'噬眼狂魔案'发生时就失踪了。他叫徐三慢,是和平饭店的厨子。情势所逼,我别无他法。"他重新看着莫天,眼神复杂得仿佛晕染着那团流云。"我问你,银行里面那个'华良',是你平日跟随的那一个吗?"

"是。"莫天回答得很干脆。尽管那家伙完全变成了一个陌生人,但他还是他。

"你何以确定?"

"他手腕上有一道疤,是前阵子被邪教教主的飞刀划伤的。"莫天的心里升起一团火,"可是那家伙为什么要抢劫我家的银行?还用枪顶着我爹的头!"

格雷当然给不出答案。意外总是一发生就带来了所有的不确定性,再稳固的屋脊和靠山都有可能坍塌。然后他想起了这个国家的一个传说,是关于两只分别叫孙悟空和六耳猕猴的猴子的。两只猴子长相相同,天差地别。他拍了拍莫天的肩膀,含糊地说了一句:"抢劫的人只是要钱,不要命。"

银行门口传来了动静,是人质鸣叫着往外跑。他们的手被捆在身后,像一筐滚落在地的粽子。"出来了!"格雷长舒一口气,往银行门口奔去,同时吆喝老毕把人质立即送往医院诊疗。

但莫向南并没有出来。莫天冲进银行大厅的时候,里面已经空无人影。他又冲出门口,询问一直守在那里的巡捕们,对方均半张着嘴,痴愣愣地摇头。莫天叫上人,转而又折回,全楼搜索,最终在行长办公室找到了莫向南。莫向南被捆在椅子上,眼睛大睁,胸腹急促起伏,像在网兜里徒劳扭动的鱼。他的胸前,挂着一捆管状物。

"是炸弹!"有人大喊了一声,莫天身后那十几名巡捕随即趴到走廊上。"还没炸呢,你们就都死翘了!"他冲进屋子,解开勒在父亲嘴上的领带。然而接下来便束手无措。对于炸弹上的三根导线,他只能求助于自己的神。他闭起眼,双手合十,希望福尔摩斯能在遥远的地方听到他的提问,并给予指引。"你出去,别再进来。去叫拆弹专家。"

开口的是莫向南。

拆弹专家用手把炸弹拽了下来，随意得像拽下娃娃的围嘴儿。拆弹专家望着那个由纸筒、煤粉和电线组成的冒牌货，嘴角泛起一丝冷笑。看来那家伙并非真的丧心病狂。莫天松了一大口气。半个钟头以后，他还将发现，不仅金库里的财物分文未少，被华良背到身上的那袋银圆，也在柜台底下扔着。他没有发觉的是，先前在父亲被绑在办公室的情况下，跑出来的人质的数量是六。

此时，华良已经脚步利落地走出了四明医院。他把裹在黑西装外面的那件灰色衣服塞进树丛，戴上墨镜，坐上一辆黄包车，消失在拥挤的人流中。他要去某个地方等待，会有人去那里与他会合。

莫天从布口袋里抓出一把银圆，不停地抖晃出哗啦哗啦的声音。说是抢劫，还弄那么大阵势，却是一块银圆也不带走，他实在搞不懂华良玩的是什么把戏。他的思索没能继续下去，因为老毕又冲进大厅，急促地吹响了警笛。

全体巡捕又往中央银行赶。在他们全体出动包围莫氏银行的时候，有人在中央银行引爆了炸弹。中央银行的看守不知道那个蒙面男子是怎么潜进来的。爆炸过后，他们冲进黑烟滚滚的金库，再冲回大厅时，蒙面男子已经打开了停在银行门口的汽车车门。街上不再有巡逻的巡捕，银行里头仅有那两名内部的看守。人手不够，两人不敢追击，只得在金库死守，眼看着他从容地驾车离开。

被炸毁的是某个客户租用的保险箱，里面存放着的文件包是蒙面男子唯一窃走的东西。看着破烂乌黑的保险箱，莫天想通了一些事情。炸毁保险箱的蒙面男子是华良的同伙，华良的怪异行为是为蒙面男子作调虎离山的配合。但是那个蒙面人是谁？除了自己和高婕，算上父亲，那家伙可是再没有别的朋友了。他取走的文件包里装的又是什么？他们究竟想要干什么？面对那家伙，自己从来都是推心置腹，毫无保留，但是他却隐藏着那么多秘密。他的身影闪进雾里，一下子看不清了。

"他并非真正的华良。"格雷的话仍回荡在莫天耳边，像一只趴在墙壁上的蝴蝶，不时扑腾几下翅膀，却始终不肯飞走，"他叫徐三慢，是和平饭店的厨子。"但一个厨子怎么会有几乎能和他福尔摩斯·莫相提并论的智慧和身手呢？那些一下子涌进莫天脑海的谜团都不是他所能理解的。于是，往日那个沉默机敏、爱吃葱油饼、时常对他笑的家伙离他一下子遥远了起来，变成透明的泡沫，破碎在空中。同时，华良新的形象在莫天脑海里升起。他留着八字胡，梳着中分头，穿着皮夹克，戴着白手套，有一个叫以"龟田"或者"犬养"开头的四个字或五个字的名字。由此，莫天的胸膛开始撕扯。他不停地喷吐着烟雾，最终做出了一个决定。如果找到那家伙，他一定要把冒着烟的烟斗塞进他的鼻孔里。

三

　　为了避免徐三慢假扮华良的事情曝光，格雷决定亲自督察这一案件。然而他寻不到其中的逻辑。案子仿佛是在黑夜过后突然矗立于空地之上的一座塔，而塔上也并没有任何台阶或把手供他攀爬。他一口接一口地抽着雪茄，把自己困进烟的世界。

　　老毕对徐三慢的身世又进行了一次调查，但相比半年前那次，并没有新的或者可疑的发现。徐三慢的命并不好。其母生他时难产身亡，十岁时生父又病故，他是由父亲生前的至交倪志祥养大的。二十岁时，倪志祥与女儿迁居美国，他则去了和平饭店学做厨师。尽管谦和，但是孤僻，因而在和平饭店，他并没什么朋友。在后厨琐碎的闲暇时间里，他总是低头坐在角落，独自雕刻萝卜，或阅读《大侦探》杂志。下班后也不参与厨师们的牌局和酒场，基本是一个独来独往的人。成为法租界中央巡捕房探长以后，人际关系仍然简单，平日除了莫天，只和一个叫高婕的女医生有来往。无论是他小时候住过的位于义德里的家，还是后来搬往的倪志祥的洋房，抑或是假冒华良以后所住的海格路的公寓，老毕都已去过，没有人，也没发现不寻常的东西。

被格雷叫进办公室以后，莫天煞有介事地陈述了自己的结论："要么，他是受人要挟；要么，他是个日本特务。"

"特务？"格雷被烟炝得直咳嗽，满脸错愕地看着莫天。莫天郑重地点着头，"蒙面人也是日本特务。他们两人联合，窃取一份重要文件。"然后他拍响了手掌，继续说道："当然，日本特务只是一个合理的假设。处长，您知道，破案最需要的就是假设，这是我最擅长的事情。"

"那你为什么要假设他是日本特务？"

"因为他闷声闷气的，特别像街上的日本人嘛。"

"好了，"格雷一扬手，"你先出去吧，要配合老毕把这个案子查清楚。"

之后，格雷又派人把高婕传唤进他的办公室。对于面前这个干练的女子，最让格雷意外的不是她姣好的面容，而是那双眼睛，干净坚定得犹如刚从冰河里凿下来的冰块。即使听完发生在两家银行的事件以后，这双眼睛里也没有丝毫的游移和闪烁。"我相信他。"她的声音平静稳定，"他不是劫匪，他是上海滩最出色的侦探。"

格雷看着高婕，用她的信任衡量着徐三慢的为人。她说得没错，但是他有可能是被某种力量要挟了。对这一点，高婕又立马否定："他没那么笨。"格雷躲开那双眼睛，低下头，才发现夹在指间的雪茄已经悄悄地熄灭了，不再散发烟雾。

高婕出来时，莫天正低着头站在门口等她。高婕走过来，在莫天眼前挥了几下手："捡钱吗，莫大少？"莫天干笑几声，没说话。

"我理解你的心情，"高婕微微咬了下嘴唇，"但是你一定要相信他。"

"我当然相信，"莫天瞪大眼睛争辩着，"只是……"

"相信就别再废话，"高婕擦着莫天的肩膀向前走去，"你该随我去把真相查清楚。"

高婕一进格雷的办公室，莫天就站到了这里。直到对方出来，他还没决定是否把华良的真实身份告诉她。现在看着她焦急又坚决的身影，他有了答案：那个家伙，是探长还是厨子，有何所谓呢？姓华还是姓徐就更无关紧要了。唯一重要的是，他是他福尔摩斯·莫天最不可或缺的朋友。他追了上去，朝高婕边跑边嚷："是我带你查才对！华生可是我的助手，我是神探！"

两人去了华良在海格路上的寓所，因为高婕相信，在这场突如其来的巨变里，华良一定会给他们留下线索。莫天来过公寓好几次，每次都与华良喝酒喝到天亮，临走还要让华良给他做一碗云吞面。他现在知道华良做的云吞面为什么那么好吃了。他踮起脚，去摸搁在门框上的备用钥匙，被高婕一把拽下来。她没出声，指了指被撬坏的门锁。

在顿时凝结具有了玻璃质感的空气里，莫天掏出手枪，上膛，开保险，把脸贴上门板。他想先听一听动静，但是高婕一脚踹开了门。莫天跟着她往里冲，同时大声斥责："你怎么这么暴力，能不能有点专业精神！"

屋子里一片狼藉。柜子里的衣物和被褥统统被扔到了

地上，原本摆放齐整的台灯、钟表和书本胡乱堆着。高婕
从灶台间跑出来，冲进卧室探查。空气里飘浮着清晰的
"人已离开"的讯息，但她仍连窗帘挡住的狭窄空间也不
放过。

"你别找啦，高大法医。"莫天坐在客厅的沙发上，看
着又跑到他眼前翻翻找找的高婕，用一个哈欠定义了她任
性似的徒劳，"我知道是谁来过，跟我相比，你总是少了点
儿智慧，多了些蛮力。""谁？"高婕蹲在地上，翻弄着从书
架跌落的书堆，不回头地问。

"那个秃子，老毕！就算有天大的线索都被他弄没了！"
莫天窝进沙发，朝花板翻着白眼儿，"他那个秃脑袋啊，
唯一的用途就是照亮他从舞厅回家的路。"

"如果这么容易被找到，就不是他留下的线索。"高婕
朝莫天走过来，一脚把他踹开，捡起那些被他坐在身下的
衣服，一一检查。依然没有。索性掘地三尺，扳起沙发垫。
一枚金灿灿的奖章扎进了她的眼。

"呀，怎么塞这里了？"莫天从沙发垫下抓起奖章，翻
来覆去地看，"肯定还是那个秃子干的，他嫉妒！"

"以前在哪？"

莫天指指书架，把奖牌戴到了自己脖子上："上面还有
字呢，英雄探长，公元 1938 年 4 月。"

"四月？"高婕把记忆回溯到半年前。那时的自己对法
医学的研究仅止于书本。"噬眼狂魔"的案子尚未发生，她
也与华良素昧平生。就在那时，华良得到了一个金质奖章，

由于某件案子。如果奖章就是华良留下的线索，那么这次的事件恐怕多半与那桩案子有关。"这枚奖章是因为什么案子发给华良的?"

莫天把头一扬："大案子!"

"什么大案子?"

"拜托，我那会儿还在上学。"

高婕白了莫天一眼，撇过头去。她无意落在茶几腿上的眼睛忽然变得锐利，随之又像波纹一样开始震荡："难道他真的被劫持了?"她在狭小的客厅里转圈，像一匹被困栏中的小马。她仔细留心着地面，幸好没有血迹。

"什么劫持?"莫天站起来，倒背着手，对着高婕谆谆教导，"推理是一步一步来的!"

"你看看桌腿就知道了。"

莫天俯下腰身，仔细打量着："依然是一支桌腿啊，也没变两支。"

"桌腿上有一道划痕。"

"划痕?"

准确地说，那是一道浅浅的凹痕。某个小巧的柱状物从桌腿上疾速擦过，导致油漆掉落，木材凹陷。"这是一处弹痕。"高婕胡乱将了下耷拉到额前的一缕乱发，她的视线画出一条虚拟的弹道。它射向了沙发，末端是沙发上的那个小洞。高婕看到，洞口处的包皮被烤出了焦痕。

"就算真的是个弹痕也说明不了什么嘛!可能是华生擦枪走火。"莫天爬起来，拍打着双手，"你这叫神经过敏，草木皆兵。今天我给你上侦探的第一课，两个字，冷静。"

"这是新留下的弹痕，地上还有油漆和木材的碎屑。"

"哦。其实呢，我早就跟处长汇报过，华生是被劫持的。"莫天趴回地面，用指肚捻着桌腿旁的碎屑，"即使那家伙在我父亲耳边开枪，我也像金属一样冷静。"

"别吵！"高婕突然从牙缝里挤出短促的气声，一只手捂住莫天的嘴，一只手指向门口。

在门前的地面上，有一对黑色的脚的影子，从门缝间折进来。在一瞬间变得真空般寂静的世界里，这对影子显得沉重而专注。它们代表的是一双眼睛和一双耳朵，而这双眼睛和耳朵已经在门外关注了两人很久。

莫天对着门举起手枪，高婕屏住呼吸，轻步走过去，攥住门把手。然后她回过头，朝莫天点头示意。不管门打开以后，放进来的是什么恶魔，都必须要这么做。只有这样，才有可能找到拯救华良的路径。

高婕用最迅捷的速度开了门。在木门掀起的风里，一大坨黑影从她脸前滚进屋子，扑倒在莫天面前。莫天的下巴瞬间就掉了下去。

四

"说，你到底是何方妖孽？"莫天用枪指着面前的人，

"是不是猪刚鬣在高老庄留下的血脉？"

女人肥硕得像一团云朵，喘息之间便是云卷云舒。她颇为羞涩，捋着头发，盯着脚尖或者自己隆起的肚子，痴痴地笑，"我来看看华华。"

"看看华华？"莫天的嘴咧到耳朵边上，"我以前怎么没见过你？"

"人家是他的邻居啦，已经在他隔壁住了三年。"

高婕站在门口，盯着她不比门板窄多少的背影，笑而不语。莫天把枪塞回腰里，问："你和，华华，很亲密？"

"嗯。"胖女人脸上浮起两朵娇羞的红云，抿嘴笑着，兴奋地点头。

"哈哈，是吗？"莫天朝高婕挤挤眼，继续问，"有多亲密？有没有肌肤之亲？"

胖女人用双手捂住脸，尖细的笑声从她满口大板牙里冒出来，全身上下像水一样摇晃："华华的身体很壮硕……我看过他洗澡……"

莫天拍着巴掌，笑得躺在地上。胖女人却神情凝重起来："我的华华回来没？我已经好几天没见他了。"

"你最后一次见到华良是什么时候？"高婕神色机警地走了过来。

"三天前的晚上。"胖女人用嘴咬住手，脸色也变得惊恐，"有个黑衣男子用枪指着华华的头。"

"黑衣男子？"这个黑衣男子很可能就是炸毁中央银行保险箱，并取走公文包的那一个。莫天嗖地站起身，戴上礼帽，叼起烟斗，向胖女人展露出一个庄重的侧面。"你从头说。"声音更是浑厚得像是从胸膛里发出来的一样。但是胖女人感受不到他苦心呈现的睿智之姿，她牢牢搂着高婕的胳膊，认真地问，"姐姐，他是不是有神经病？"

"我抽你！"莫天朝她扬起手，被高婕摁下去，"你别怕，他也是巡捕。"

"我是神探！"莫天厉声纠正道。

"好，神探。"高婕无奈地点头，"你先听她把话说完。"

胖女人的嘴小巧地缩在一大团肥肉间，从中发出的声音也细细弱弱。她跟随着自己的描述回到了三天前的夜里。十一点钟，她仍站在自己寓所的窗前，盯着那个黑暗的空间，等华良推门而入，拉亮灯绳。那时，惶恐还没有袭来，她的脸上还涂着两抹幸福的红晕。后来门开了，灯亮了，进来的那个男人却不是华良。他穿着一身黑衣，头发和胡子乱如杂草。血红的眼睛像野兽一样四处打量。她以为他是华良的朋友，但是华良回家后，他从华良身后，朝着他的脑袋开了一枪。

"我的心都堵到了嗓子眼儿，好怕好怕，但是我的华华身手好棒，没有被他击中。"

莫天干咳了几声，问胖女人："他们有没有说什么？"

"黑衣男人吼着要报仇，别的我就听不清了。后来，他就把华华带走了，再也没回来。"胖女人的嘴终于咧得大了一些。她哭了起来，把脸埋进高婕的怀里，"我忧虑重重，好生煎熬。姐姐，你看我现在都比黄花瘦了。你可一定要帮我找到华华啊。"

"你还记得那个黑衣男人的样子吧？"高婕安慰着她，从书堆里翻出笔和纸，"你仔细描述一下。"

"国字脸，扫帚眉。单眼皮，脸颊凹陷。鹰钩鼻。胡子和头发都乱糟糟的，像半年没剃过一样。"

依照胖女人的描述和订正，高婕在纸上勾勒着黑衣男人的五官。十分钟后，一张瘦削阴鸷的脸便出现在了白纸上。那双沉重的单眼皮下面，是掩盖不住的凶狠和愤怒。

"姐姐，就是他！"胖女人又回到了三天前的惶恐之中，"就是他带走了我的华华！"

莫天夺过肖像画，嘴角一撇："华生也太窝囊了，没我在身边，这么一个贼头鼠目的家伙都能把他挟持。"

电话忽然响了起来，带着一股生冷的感觉。"肯定是这家伙打来的！"莫天冲过去接电话，被高婕抢了先。

听筒里传来的是一个中年男人的笑声，突如其来，油油腻腻，让高婕厌恶地皱起了眉。除了笑声，还有女声唱歌和众多男人鼓掌叫好的声音。应该是从歌舞厅打来的电话。

"你是谁？"高婕问。

"是高小姐吧？我们见过面的。"笑声还在继续，仿佛有不得不笑的理由，"在中央巡捕房，鄙人姓毕，呵呵。我就知道高小姐和莫大少此时一定会在华探长的寓所。很失望吧，呵呵呵，那里我早就查过了，屁也没有，哈哈哈。"

"那个秃驴?"莫天夺过电话听筒,"又有瞎子找不到家了吗?我福尔摩斯·莫现在可忙得很,你可以尝试用你的秃脑袋照亮他的世界。"

"莫天啊,我知道你比那厨子能干得多,这不一出了命案就第一个通知你嘛。而且,那里有你想找的线索。"

"命案?线索?在哪里?"

高婕把莫天耳朵上的听筒拽下来,老毕油腻的笑声仍然没停,"呵呵,在冯孝廉家,死的是家里的老管家。冯孝廉你恐怕不知道吧?法租界大律师啊,半年前被人杀死在家中。呵呵呵。我已经带人去看过了。人是昨天夜里死的,现场留下了很多我们大探长的指纹和皮鞋印啊。可真有意思。"老毕打了个清脆的嗝,继续笑着说道,"咱们那个厨子探长还真是凶狠,不仅抢了你爹的银行,还把一个老人打成了筛子。真是透着股狠劲,册那,我是真喜欢。以前怪我看走了眼,哈哈!你是没见过那场面,触目惊心啊,哈哈……"

"冯孝廉家在哪?"高婕打断了老毕。

"一拐上洋汀港路就看得见,门外拉着警戒线呢。高小姐,快去看看吧,绝对不容错过这终生难忘的场面,呵呵呵……"

高婕重重地扣上了电话,她无法再承受那让人作呕的笑声。两人向外疾走,到门口时莫天回过头,看见胖女人没有丝毫要走的意思。她搓着手,缩起脖子嘿嘿笑:"我想给华华收拾一下屋子。"

"收拾屋子？这是犯案现场！赶紧回家！"

路上，高婕问起老毕为什么要叫华良"厨子探长"，被莫天搪塞过去。"可能因为华生总爱玩儿他那把雕刻刀吧。等办完这起案子，我非得给老毕安一副马笼头，看他还能不能笑出声来。"

冯孝廉的家是一栋两层的豪华洋房，命案发生在一楼大厅，瓷器、墙皮和摆件碎落一地。墙上密布着马蜂窝般的孔洞。每个洞的尽头都嵌着一枚弹头。皮质沙发歪斜着，同样布满了炸裂状的孔洞。

高婕和莫天脚踩着布套一进去，便被浓郁的血腥味包裹。管家的尸体已经抬走了，地上用石膏粉勾画着尸体躺倒的轮廓图。轮廓图的胸膛部位，有一大摊血迹，浓稠地凝结在大理石地板的表面，就像腐烂的疮口。

地板上留着两个人的脚印。一个脚印是平底布鞋印，是老管家的。另一个脚印是个皮鞋印，高婕认得出，确实是华良常穿的那双皮鞋所留下的。两人的脚印紧紧跟随，互有重叠。高婕勘查完这些脚印，又抬起头观察墙壁和沙发上的弹孔，心中有了答案。这个答案把她的心提到了嗓子眼。

这些脚印看上去像是华良和管家在追逐，可事实显然并非如此。她深知华良的枪法，如果他想杀一个老人，绝对用不了第二枪。

"你什么意思？"莫天翻着眼珠，用烟斗像敲木鱼一样敲着自己的脑袋。

"府中曾闯入了其他人，管家和华良都是他们射击的目标。当时，华良拽着管家躲避对方的射击。我明白了!"高婕两只手掌拍在一起，发出清脆的声音，"华良塞在沙发垫下面的奖章是四月份颁发的，距现在正好半年。老毕在电话里说，冯孝廉的案子也发生在半年前。冯孝廉这个案子绝对有蹊跷!"

"是有蹊跷，而且十分蹊跷。"莫天暗自嘀咕着。从时间上看，那个真华良办完这桩案子不久便失踪了，很有可能也跟这件案子有关。一时，莫天觉得此案像一个宇宙黑洞，靠近它的人都会被吸搅进去。想到这里，莫天抱着肩膀打了个冷战。

高婕不禁有些恼怒，那个闷瓜现在肯定处在狼群的包围中。

"放心吧!"莫天快步向外走去，"哪次他深陷困境，不是我福尔摩斯·莫挺身而出!"

莫天骑着挎斗摩托，去巡捕房调冯孝廉被杀案的卷宗。这是唯一的突破口，然而他并没有调到。管理档案的同事告诉莫天，半年前，案子刚结，华良就在一个深夜把卷宗取走了，至今未还。

"十六号晚上，华探长又来档案室调冯孝廉的卷宗，他啊，连自己已经拿走都忘了。"说完，那位同事凑过脸来，递给莫天一支大前门，"小莫，听说今天上午，华探长打劫了你老爹的银行……"

死 档   179

"那叫演习！"莫天板起脸，一板一眼地说，"用来检验和提升警员应对突发暴力事件的能力！"然后他把烟卷扔还给对方，从口袋掏出自己的檀木烟斗叼上，"记住，以后叫我福尔摩斯·莫，我只抽烟斗！"他不回头地走出公董局，跨上停在门外的挎斗摩托车，朝坐在车斗上的高婕摊了摊两只手，"没有？那怎么办？""去米高梅。"他叹了口气，重新发动了摩托车。

莫天去米高梅，是因为老毕在那里。除了华良，冯孝廉的案子数他最清楚。此刻，老毕正搂着舞小姐的腰在舞池里瞎晃。隔着距离和人影看过去，仿佛舞小姐在挪动一架笨拙的大提琴。莫天走进舞池，抬起烟斗，在老毕的秃脑门上敲了一下，拽起他的胳膊就往舞厅外面走。

"冯孝廉的案子当然数我最清楚！"老毕不满地将着头顶上仅剩的几缕头发，瞪着莫天嚷，"这么多年来，哪桩案子不是我亲力亲为！"他沉浸在怀才不遇的幻觉里，表现出愤懑的样子。

莫天在他眼前展开高婕勾勒的那幅肖像画，他瞄了一眼就撇过头去不再看。"那不是杜长风吗？"他抱着胳膊，不停地晃动，也不再开口。为了显示得意，他还故意露出几分不耐烦的神色。此刻，莫天想一巴掌接一巴掌把他拍哭，再把他头上那几根毛拔掉。但是这个秃驴知晓自己并未掌握的黑衣人的情况，莫天只得压着嗓子又问了一遍，"杜长风是谁？"

"就是杀害冯孝廉的凶手嘛！我亲手抓的。"

"他是杀害冯孝廉的凶手?"莫天觉得自己的天灵盖忽然被顶得悬空在脑袋上方,"他现在在哪里?"

"监狱里关着呢,也可能处决了,鬼知道。"

被关在监狱甚至可能已经被枪决的死囚把华良挟走,还抢了中央银行的保险箱,匪夷所思的事。莫天一阵恍惚,无法相信。但华良被挟走前留下了指向冯孝廉一案的线索,而这个杜长风恰恰是杀害冯孝廉的凶手,所以这又是符合逻辑的。总之,不管他是人是鬼,他已经通过某种途径溜出了死牢,并把华良挟为帮手,取一个重要的东西。究竟是个什么东西?他的目的又是什么?

"他是个窃贼,心狠手辣,在江湖上颇有名气。半年前,杜长风在冯孝廉家行窃,被半夜回家的冯孝廉撞上。这个冯孝廉也够蠢,他竟然开了灯。"老毕掏出烟,极为享受地吸了一口,"不过,这个缉拿多年未果的要犯很快就被我生擒了。"

"但是处长好像并没嘉奖你啊,"莫天把肖像画叠进口袋,把玩着烟斗,悠悠地说,"倒是给华探长颁发了一枚金奖章。"

老毕仰起头,假模假式地朝天叹出一口浓烟:"这就叫贪天之功,据为己有。"

莫天扭头就走。老毕还在后面吆喝着,自己还有很多破获奇案的传说可以讲述。但是哪怕再多看这个秃子一眼,莫天都受不了。

"我福尔摩斯·莫忙得很。劳动暖身,吹牛冷心呐!"他头也不回地嚷。

　　挎斗摩托车顶着一截微弱的光线，在黑夜里晃晃悠悠地行进，宛如汪洋中的一艘孤舟。半年前的旧案像扑面而来的潮湿的薄雾，纷扰着莫天的思绪。他忽然想到，华良可能不是被挟持，而是在调查这桩案子。然而他又纳闷，华良手上没有任何证据，如何去查案？高婕打趣似的说，开棺验尸喽。于是莫天便又来了兴致，他也要去冯孝廉的墓地找一找线索，随即把手挡拧到了底。高婕用手捂住她飘飞的刘海，大喊着，"没用的，我已经看过了他的骨灰。"

　　硬实的椅背突然猛推了高婕一把，仿佛提醒她说多了话。但为时已晚，摩托车轮胎已经停止转动，在它们与地面摩擦发出的刺耳声音中，高婕的身体剧烈地往前倾。摩托车停在了路边。

　　"你看过了冯孝廉的骨灰？"莫天用两只深海巨兽一样的大眼瞪着高婕，"什么谎言都瞒不过我神探的慧眼，说，你最近是不是见过那家伙？"他愤怒地拍打着车把，"你们真不够意思，怎么能合起伙来蒙我？把我的小白还给我……"

　　"好好好，不蒙你。自己看吧。"高婕从包里拿出一个东西，扔给他。

　　"这是什么玩意儿？水果盘？"莫天用手指弹了弹，又放嘴里咬了几下，"什么材料做的？好精致啊。"

　　"这是冯孝廉的头盖骨，送给你了，任你处置。"高婕后仰到靠背上，闭上了眼，"至于其他的，无可奉告。"

"呸！不知道你从哪个死人头上锯下来的！"莫天不断吐着唾沫，"你就这么糊弄一个百年不遇的神探？"

五

十月十六日。

一回到公寓，华良便觉察出了不对劲。并不是有人动了什么，屋子里的一切都和早上离开时一模一样。先前开门时也没发现门锁有被破坏的痕迹。但是空气变了。空气发生了些微的倾斜，蕴荡着一股阴冷的敌意。引起它改变的，应该是一双眼睛。

屏住呼吸，华良就能感受到这双眼睛愤怒的注视。家里藏了一匹野兽。他迅速扫视一圈客厅，没有人。但是这双眼睛的确存在，而且它正在无声地靠近。华良的手伸向后腰，刚摸到枪柄，一件冰冷的硬物就杵到了他的后脑。一把手枪。接着，枪毫不犹豫地响了。

对方没说一句话，也不等华良开口，枪便响了。滚烫的子弹射进华良的后脑，从前额鼓出，留下阴森的血洞。如果华良不是在扳机被扣下前的一瞬间闪开身，并用手掌砍向那只胳膊的话，这是必然出现的结果。

子弹擦着木桌腿打进沙发。枪落地，被华良踩住踢向远处。与此同时，华良掏出枪，上膛，对准了身后人的眉间。一个双颊塌陷、发须蓬乱的男子，豺狼一样恶狠狠地瞪着他。

"你是谁？为什么这么急着要我的命？"

"华探长，你的记性变差了。"男子冷笑一声，"我叫杜长风，半年前，我还帮你立过功。"说着，男子扬起手，向他展示原本放在书架里的那枚金质奖章，"英雄探长，别来无恙。"

"有什么事情你就说吧，如果是冤情，我会尽力还你一个公道。"华良握枪的手缓缓放了下去。杜长风满脸狐疑，紧紧盯住华良。颇久，他才重新开口道，"你不是华良。"

"哦？"华良朝他笑笑，"那我是谁？"

"你果然不是他。"这下，杜长风完全确定了自己的判断，"华良从来不会把枪轻易放下，也没有人见过他笑。你到底是谁？"

"你不用知道我是谁。你只要知道华良能帮你的，我一样能帮。而且现在看来，只有我能帮你。"华良转过身，胳膊朝着沙发一挥，"坐吧，我去给你做碗面。在牢里半年，没吃过热乎饭吧。"

杜长风在一分钟里吃完了两大碗云吞面。华良笑吟吟地看着他吃完："幸好我没有做更多，要不然，不等枪决你就会被撑死。"

杜长风难为情地用手背擦擦嘴。

"说说你的事儿吧。"

"我是个贼。"杜长风的嘴开了几次，才说出声。

"嗯，"华良连连点着头，"绝对是个开锁的行家。"

"我还有两个兄弟。他们的小名一个叫菜刀，一个叫宋大皮鞋。我是个弃婴，被宋大皮鞋和菜刀的母亲下地时发现。日子过得紧，两家一起把我抚养长大。行窃也是没有办法的事，没有人会干等着被饿死。"

杜长风顿了一下，脸上浮出懊丧与惶惑掺杂的神情："半年前的一个夜里，我们兄弟三人扒了上海滩有名的大律师冯孝廉的家。第二天，冯孝廉就被发现死在了家中。"

之后，前来查案的华良在冯孝廉家发现了杜长风的指纹，错把他当成了凶手，并将其擒获。再后来，法庭在证据不足的情况下以谋杀罪判了杜长风死刑。原本证明自己没杀人也并非难事，因为当夜菜刀和宋大皮鞋负责望风，杜长风入室盗窃，连冯孝廉的影子都没见着，两人都可以为他做证。但是，在他被抓以后，两个兄弟就再没有露过面，而警方也对他的举证诉求毫不理会。

"你觉得你那两个兄弟不给你做证正常吗？"华良问道。

"不正常，他们都不是因为畏惧徒刑就弃手足不顾的人。但是事到如今，我也能理解。没必要因为我全搭进去，毕竟家里还有老人要照顾。"杜长风皱着眉头，把烟蒂摁灭在烟灰缸。

"还是应该去找一下他们，说不定有你不知道的情况绊住了他们的脚。"华良随即起身，向门口走去，"在你重新被抓回死牢之前，所有的来龙去脉都应该查清楚。"

杜长风带华良去了城郊一个破败的村庄，那就是他和菜刀、宋大皮鞋长大的地方。他们先来到了村口的宋大皮鞋家，屋外坐着一个衣衫破旧的白发老妇。时至深夜，月亮已经游到了南天，但她仍坐在破木凳上，下巴微抬，保持着等候的姿态。杜长风喊了声姆妈，她就颤巍巍站起来，伸出枯爪一样的双手，胡乱摸索。

　　借着月光，华良隐约看到，她的两只瞳孔是琉璃一样的蓝白色。于是他不禁想起夏蝉风干后的尸体。当生命的潮汐逝去，蝉的眼睛变成了两点惨白。杜长风像个孩子一样趴在养母怀里，两人抽泣了许久。杜长风用袖子给她擦去泪，问了句皮鞋在哪里，老妇的眼泪就更加汹涌地流了出来。十只手指的长指甲全部掐进杜长风手臂的肉里，生怕他丢了似的。她是哭瞎的。

　　宋大皮鞋已经死了。菜刀也死了。两人都是在杜长风被缉捕之后不久死的。宋大皮鞋死于附近的月桂河，水性极好的他被打捞上来时，肿得像一个皮球。当天夜里，狂风大作，电闪雷鸣，雨像子弹一样砸落下来。路上的行人都用衣服遮着头往家奔，菜刀却光着膀子冲进了雨中。

　　他冲向了村口那棵粗壮的香樟树。小时候，兄弟三人总爬上这棵树，眺望远方的风景，或者坐在树梢上，吃着从邻村果园偷来的金瓜。菜刀站到摇曳不停的香樟树下，在明灭交替的雨夜里放声大哭。随着一声宛如骨头折断的声音，樟树轰然坠落。树干撞到菜刀头上时，又发出一声骨头碎裂的声音。于是，菜刀便跟这个年长自己很多的伙伴一起，沉睡于大地。

半年过去，菜刀的尸体已经变成骨灰埋于地下，原地只留下那棵香樟，成为村民们闲暇时聊天的长凳。现在，杜长风坐在上面，垂头不语，脸上带着痛哭过后的空洞神情。他的心中已是一片狼藉，宛如惨遭风暴袭击后树倒房塌的村庄。华良则蹲在地上，凝视着树干的折断处。

"菜刀是被人谋杀的。"华良的声音在无声的夜里显得极为突兀，杜长风听来更为如此，就像是一柄冰冷的锋刃，从耳朵扎进心里。

"你看，断口处的一面密布着许多平滑的缺口，"华良指着树干的断面给杜长风看，"这些都是斧凿的痕迹。"杜长风的拳头砸在斧痕上，树干晃动着，沉闷地哼了一声。

"如果我没猜错，宋大皮鞋的遭遇也是一样。全村水性最好的人被淹死，可是一桩稀罕事。"

但是宋大皮鞋的真正死因已经没办法查了。两人死的时候，村子里正在闹瘟疫，尸体找到后，马上就火化了。

"一定是华良干的！就为了坐实我杀人的罪名！"

华良摇了摇头，"好像没这么简单。你只是一个贼，就算作案多起，也只是盗窃罪，没有必要非置你于死地。你跟他并没有什么深仇大恨，不是吗？"

杜长风泄气地低下头，没再开口。在短暂的沉默中，华良看着空中飘荡的黑云，想那个与自己素未谋面，面貌一样的男子。从时间上推算，这桩案子刚结不久，他就由于某种原因消失了。而自己意外地弥补了他留下的空白。

世界就是如此，随时随地都会有一扇看不见的门。每一扇门都会把人带入另一个世界。如果没有这桩案子，自己恐怕还待在原来的世界里，每天雕刻萝卜。那里没有高婕，也没有莫天。在他意外闯入这个世界之前，在冯孝廉被杀案中，这个被自己顶替了姓名和职位的男子除了查案，是否还充当了其他角色？他的失踪又是否与此案有关？目前都没有定论。案子远没有看上去那么简单，就像空中的那些黑云后面，还有整个夜幕。

"有意思，"华良叹息似的笑笑，"你只是一个贼，有人却偏要让你死。看来，你是偷到了某些人的秘密。"

"绝不可能。"杜长风极为不解地摊开手，"我就是偷了些钱和首饰。"

"可能只是你自己并不知道。"华良站起身，缓缓地走动，"比如，你在行窃的时候意外地踏进了某些人的禁区。"华良踏上了出村的那条蜿蜒的土路。月光并不明亮，路面若隐若现，像一条流向黑暗的河流。他在其中行走，感受着它纷杂的流向和其中的一个个漩涡。那些人是谁？他们有什么样的秘密和目的？还有那位探长身上的疑云，一切疑问构成了前方的黑暗。要想知道河流最终的去向，就要从源头开始，一步一步往前蹚。

一进城区，杜长风就把衣领竖起来，挡住了自己的大半张脸。在法租界巡捕房外面，他躬身缩进墙角，变成一片静止的阴影。

华良去档案室调冯孝廉的卷宗，但是值班警员并没有找到。他便开始亲自翻找。档案员看着他的背影，突然记了起来："华探长，案子一结，您不就取走了吗？"

结案之后，那位探长就又取走了档案。他是发现了案子中的疏漏，还是想毁灭掉那些疏漏的证据？华良的脑子飞转着。"是，对，我忘了。"他拍着脑袋走出档案室，然后冲进办公室，在自己的办公桌和墙边的档案架上查找。都没有。他便又回到寓所，翻遍书架和其他角落，也没找到。卷宗和那位探长一起消失了。他究竟是属于黑暗中那些人的一分子，还是受害者，无从判断。有一个和自己长得一模一样的人曾涉及自己手头的案子，徐三慢心中产生了一种奇异的感觉，仿佛那个人就是另一个维度中的自己。

"没有卷宗，那我们怎么查？"杜长风抬起须发蓬乱的脸看着华良，血红的眼睛焦急又茫然。

"没有了卷宗，冯孝廉还有别的。"

"你是说……"

"对，开棺验尸。"华良站在寓所的窗前，揪开窗帘一角，往楼下看了一眼，说，"相比活人，尸体有一个优点，不会说谎。"而且冯孝廉的墓地应该并不难找。他这个阶层的人，生前住洋房，死了，墓地也不会差。他的墓地只可能在永翔墓园。

"十几年里，我扒过的家不计其数，掘墓还是头一回。"杜长风抖了几下肩膀，一副精力充沛的样子。但是华良向他摆了摆手，"别急，天就要亮了。这是苦力活，需要先休息。这阵子没怎么睡着觉吧？"

"没这个必要。"

"仅是掘墓，倒是可以应付。倘若再对付其他人呢？"

"其他人？"

华良示意杜长风过去，揭开窗帘的一角。楼下，初开的天光里，有个黑衣黑帽，看不清长相的男子正在徘徊，不时抬头往窗户这里看一眼。

从巡捕房出来时，华良就被他跟上了，一直跟到了楼下。对方在这个时候跟踪自己，多半是与冯孝廉的案子有关。

"你先去休息，我来盯着他。"华良对杜长风说，"这可是一条求之不得的线索，不敢丢。他能带我们深入黑暗的地带。"

六

一直到太阳升起，楼下的男子也没离开。现在，他坐在朝阳里，吃着从推车路过的小贩那里买来的生煎，不时朝华良的窗户瞟一眼。那是个满脸坑洼，长着一双蜥蜴般狭长眼睛的男子，年纪约莫三十岁。华良看清了他的样子，放下窗帘，揉了几下干涩的眼。

之后他给巡捕房打了个电话，言明身体疲累，既然这阵子没有案子，那么一直积攒的假期就从今天开始吧。

小憩之后，华良做了葱油饼和米粥，叫起杜长风。饭后，两人便下了楼。"去买把镐头和铁锹。"路过黑衣男子的时候，华良特意跟杜长风说。路上，黑衣男子远远跟随，看上去闲庭信步，实际上步步紧逼。等两人回到寓所，一直到夜里，都是他一个人在跟，他也没跟其他人接头。看来他还仅仅是在探查情况，尚未决定下一步行动。

午夜，两人准备下楼。华良揣上手枪，此外又带上三炷香、一瓶针剂和一个注射器。他们扛着羊角镐和铁锹走在夜色中，不时回头，四处张望，做出反跟踪的姿态，同时又掌握回头的频率和速度，避免对方真的出现在视野里。

永翔墓地里寂寥无人。半圆的月亮挂在天上。猫头鹰藏在某处鸣叫。一个个墓碑无声地矗立着。两人分开，一一寻找。很快，华良停下了脚步，叫杜长风过来。

"如果那一夜我没去你家，就不会有后来的事。"杜长风扛着镐头，面对着石碑上的名字，百感交集。"我也不会变成另外一个人，站在这里。"华良似笑非笑地应和。他转过头，用余光瞄到了十几米外那个迅速猫到墓碑下面的影子，然后提高嗓门，说："没人。"杜长风放下肩上的镐头，往手上吐了两口唾沫就要刨，但是被华良拦住了。他掏出香和火机，"先给他上炷香。"

"你还挺封建。"

"死者为大。"华良把香点着，同时压低声音，说，"憋住气。"

华良把香举高，朝着墓碑缓缓地拜了三拜，未几身后发出了一声闷响。那是黑衣男子栽倒在地面上的声音。

华良迅速把香扔在地上，用皮鞋跟踩灭，向身后冲去。黑衣人躺在地上，已经被迷烟熏晕。杜长风一镐柄挥下去，黑衣人抱着脑袋醒了过来，正要挣扎起身，又被杜长风踹倒，用镐头抵住了脖子。

"知道我是谁吗？"杜长风厉声问道。"不认识。""谁派你来的？"黑衣人眼一闭："杀了我。"

"没用的，得换个办法。"华良掐断针剂端口，用注射器吸进药剂，蹲下身，推进了黑衣人的大腿。

黑衣人在发出一声尖厉的号叫后，进入了迷糊的状态。他的眼球不停地左右摇摆，像灯塔的探照灯。

"这是什么东西？"杜长风问。

"据说是美国军方用的药品，可以赋予人诚实的品格。"

至少莫天是这么跟华良说的。大约一个礼拜前的夜里，莫天兴冲冲砸开他的门，向他展示了这一神器："华生，破案也得讲究科学手段，不能一味地用笨办法。"莫天一手叉腰，一手举着这瓶药剂，神情庄重如报纸上那些手捏跌打膏的电影明星。莫天说："伟大的科学搭配上我超凡的智慧，福尔摩斯都会自愧不如。"话音刚落，那瓶制剂就已经在华良手中。

"你个愚蠢的凡人要它有什么用！"莫天大喊着。对于他的捶胸顿足，华良最有办法："你的身手没我好，想抢过来是绝对不可能的。但是你若继续纠缠，等姬玛丽回来，我就给你打上一针，当着她的面问问你追过多少女孩子。"

"知道我是谁吗？"杜长风拿开镐头，问黑衣人。

"杜长风。"

"还真灵！"杜长风有些喜出望外。

那小子还真搞了件好东西，华良心想。他蹲下身，拍了拍黑衣人的脸："我呢？以前见过吗？"

"你是法租界巡捕房探长华良。以前没见过。"

"放屁，"杜长风踹了他一脚，"没见过怎么知道他是谁？"

"根据他的寓所查到的。"

"以前听过我的事情吗？"华良又问。

"没有。"

华良叹了口气，站起身："说说你吧，你是什么人？"

"我叫鬣狗，是飞天会的人。"

"飞天会？"华良看向杜长风。杜长风摇摇头，他从没听过这个帮派的名字。

"冯孝廉是你们杀的吗？"

"是。"

"为什么要杀了他？"

"因为他拿了飞天会最绝密的东西。"

"杀了他之后，你们就栽赃于我。为了阻挠我的两个兄弟做证，又杀了他们？"

"这个我不清楚。"

"我锄了你!"杜长风把镐头高高扬起,重重地砸下。黑衣人依然躺在地上,无神的双眼摇摆不停。镐尖稳稳地停在了他额头上方一寸的位置。华良攥住镐柄,看上去并未使力,杜长风却无法将镐头再压下一毫。

"杀了他没有意义,他和你手里的镐头一样,只是个工具。"华良的手从镐柄上缓缓松开,镐柄开始急速地抖动。杜长风瞪着黑衣人,像牲口一样喘粗气。忽然间,镐头收了回去。杜长风转过身,留下一句低沉的话:"我去掘墓。"随后,羊角镐插进泥土和石块带动起的连贯的震颤传到华良脚下,仿佛下面藏着一颗苏醒的心脏。华良继续询问黑衣人:"冯孝廉偷了你们什么东西?"

"不知道。"

"你们飞天会是干什么的?"

"不知道。"

"你都干过什么?"

"跟踪你和杜长风。"

如此一问一答,华良知晓了黑衣人只是个新入会的喽啰,对于飞天会的组成成员、帮会所在都一概不知。跟踪华良和杜长风是从上面逐级分配下来的任务。帮会等级森严,任务下达和情报上报都是逐级传送,绝不能跨级碰头。看得出,这是个秩序分明、做事谨慎的帮派。而这个曾经在十六铺码头收保护费的叫"鬣狗"的地痞,半个月前才随大哥加入飞天会,唯一的目的是挣钱。他处在最低的级别，自然不会知道帮会核心的秘密。

　　脚下心跳一样的震动消失了，杜长风往这边走来。他的脚步有些缓慢，华良明白，那是失望至极的步调。华良回过头，看到杜长风怀里抱着一个白瓷骨灰罐。"不错，比空坟好多了。"他笑着接过骨灰罐。杜长风心灰意冷，又把视线朝向地上的黑衣人，咬着牙道："真想把这条死狗埋进坟坑里去！"

　　"但是坟坑已经被你填平了。"华良朝杜长风笑了下，"走吧，我终将会给你一个答复。"杜长风站住不动，脸上凝固着警惕。"不用担心，"华良拍了拍他的胳膊，"这药不仅能让人变得诚实，还能让人忘记这段时间。"

　　华良带杜长风去了高婕的诊所。他告诉杜长风，里头是自己人，可以见。但是杜长风依然没有进去，还是沉默着蜷进了门口的阴影，像一条忠于规矩的老狗。这让华良胸中一沉，不是滋味，以至于他捧着骨灰罐走进诊所耀眼的灯光里时，这片阴影还沉甸甸地留滞在心间。

　　时至半夜，高婕仍穿着白大褂坐在诊疗室，给一位突发高烧的病人开药。她的眼睛很亮，语气耐心，毫无疲惫的样子。华良在门外等候，她也只是用余光瞟了他一眼。但是病人一离开，她就从椅子上跳了起来，把华良拽进诊疗室："快说，又有什么新案子？"

　　"哪里有那么多案子，"华良皱起眉头，"我就是恰好路过，来看看你。"

"看我?"高婕白了他一眼,"难道你要告诉我,这瓷罐子里装的是送我的酱菜?"

华良干笑几声,把骨灰罐塞给高婕:"包你喜欢。"高婕走到电灯下,把瓷罐放到桌上,掀开盖子:"哇,骨灰!"

"别家姑娘都是看到花裙子才是你现在这个表情。"

"我又不是她们!"高婕极为满足地一撇头,"说,这回是什么案子?"

"不能告诉你。"

"不告诉我,你就拿走!"高婕把骨灰罐往边上一推,拍拍手,抱起胳膊。

"好,我告诉你。"华良无奈地应下来,"不过事情紧急,你先把骨灰鉴定一下。"

高婕把台灯移到骨灰罐边,麻利地戴上手套,拿起镊子。这时,她的脸上已全然是另一副神情,专注而锐利。她用镊子从罐中挑出一片最大的碎骨,仔细查看,又放到烧杯里,用盐酸浸泡,目不转睛地凝视。骨头在液体里冒着泡泡不断缩小,就像华良心中正在消失的忐忑。华良深信,她的判断不会有误。

七

"这是一个中年男人的骨灰。"骨头只剩下一点渣滓,高婕端着烧杯，跟华良说。

"哦，何以见得啊高大法医？"

"首先，男人的骨骼和女人的骨骼有较为明显的不同。男性骨骼比较粗大，表面粗糙，骨密质较厚，骨质重。而女性骨骼相对细弱，骨面光滑，骨质较轻。只需要认真观察，就基本可以断定，这片碎骨属于某个男人。"

高婕做了短暂的停顿，以让华良能理解自己的推导。华良抬起手，示意她继续。

"人体骨骼由水和固体物质组成。其中固体物质包括有机质和无机盐。有机质决定骨的弹性和韧性，无机盐则决定骨的硬度。有机质和无机盐在骨骼中所占的比例会随着年龄的变化而相应改变。简单来说，年龄越大，有机质所占的比例越小，而无机盐所占的比例却在增大。无机盐溶于盐酸，有机质却不会。你看，盐酸里这些就是有机质。"

高婕把烧杯伸到华良脸前，晃了晃，继续说道："它的比例大概是先前骨片的百分之四十，就是说，在这片碎骨中，无机盐所占的比例达到了百分之六十以上。这说明，死者应该是一个中年人。两方面综合起来看，他多半是个中年男性。"

"厉害！"华良冲高婕竖起大拇指。"少来这套！"高婕不以为意地呛他，"赶紧说，死的是谁？是一桩什么案子？"

"你别急，我还没问完呢。"华良搔了搔后脑勺，"能不能从骨头里看出死者是否是中毒而死？"

"应该不是。中毒身亡者的骨头里大多会渗着毒液，因而呈现着其他的颜色。而这些骨灰并无异色。"

"好，我知道了。这骨灰由你保管。记住，一定要保密。"华良转身要走，被高婕拽了回来。

"两天后告诉你。"

"不行！"高婕努起嘴，她的双手已经掐进华良胳膊的肉里，还打着转儿拧。"你松手，松手我就告诉你！"高婕松手，华良就奔出了诊疗室，迅速带上门，把雕刻刀插在了锁鼻上。

门被高婕踹得咚咚响，华良回头看了一眼，快步走出诊所。高婕被绳索悬在熊熊烈火之上的情景还历历在目，这次的敌人，仍在暗处的飞天会，说不定是比上次的邪教组织更加可怕的存在。无论怎样，都不能再让她踏入危险之中。

飞天会比华良预计的更加可怕。这一夜，帮派的上层已经对华良和杜长风下了锄杀令。那瓶推进鬣狗体内的药剂并没有莫天所说的那么神奇，鬣狗从墓地醒来后，脑子里仍模模糊糊地保留着被华良审问的记忆。他跟跄着回到住所，把先前的遭遇告知了大哥。信息随之逐级上报，最终传达到帮会总部。半个钟头后，从总部发布的锄杀令就逐级向下传达。华良走出诊所的时候，百余名帮会分子也从各个据点倾巢而出，手持火力强大的走私军火，在上海滩各处搜索。

当华良走出诊所，看到杜长风从那片阴影里谨慎地走出来时，他仍然相信，飞天会嫁祸杜长风的目的并非仅仅制造入室盗窃杀人的假象来掩盖冯孝廉的真实死因，还有一个目的，就是让杜长风死。如果这个目的属实，那么杜长风一定是在冯孝廉家里发现了黑衣人所说的那件东西。看一眼就必须死的东西会是什么东西？

"你在冯孝廉家偷的那些银圆和首饰，原本放在什么地方？"

"保险柜。"对于杜长风来说，开保险柜不算难事。半年前的那个夜晚，他只使用了一个听诊器和十分钟的时间。

"保险柜里，或者冯孝廉家的其他地方，你有没有见到什么不寻常的东西？"

"没有，"杜长风摇着头，眼神恍惚，好像在思考着"不寻常"的定义。

"黑衣人说，冯孝廉拿了属于飞天会的东西。可能你触碰到了那件东西，只是并没在意，也可能你真的没看到，但是飞天会误认为你已经发现了它。不管怎么说，那是一个对飞天会极其重要，绝对不能让外人看到的东西。"

华良想着那个东西，深长地吸了一口气。在他的心里，那个东西变成了一把钥匙的形状。它就是打开这件迷案的钥匙。"天亮以后，我们得去趟冯孝廉家，看看那东西还在不在。"

早上，墙上的钟响过八下以后，华良换上浆洗过的制服，招呼杜长风出门。华良摁下门铃的时候，杜长风已经闪身躲到了别处。开门的是个六十来岁的老人，干净清瘦，须发花白。他认出了华良那张脸，既热情，又难抑哀伤的神色："华探长，你不认识我了？我是冯先生的管家老顾啊。"老人伸出颤巍巍的手。"记得的，记得的。"华良握住他的手，说道。

老顾抹着眼泪把华良领进门。院子干净，花都开着，树都长着，但这些植物都叶露出野外的味道，缺乏精心护理和欢欣赏析所该具有的愉悦气息。房内也没有人。"出过事情以后，冯太太和少爷就搬去了别处。这个宅院就我一个老头子看着。"老顾给华良端来茶，站在一边。华良从沙发上欠起身，扶他在旁边坐下。

"我来，还是为了冯先生的案子。"华良的手指肚在茶杯外壁上缓缓地摩挲。

老顾抬起头，哀伤的脸露出疑虑："案犯杜长风不是被抓住了吗？前阵子法院还送来了信，说人已经被判了死刑。他是又翻供了？"

"那倒没有，只是有些细节还需要确认一下。"华良倾向老人，看着他被皱纹侵蚀的眼睛，轻轻说道，"在出事之前，冯先生有没有变得异常？"

"有。"老顾说。

出事前的一周，冯孝廉变得忧虑重重。每一夜，他都坐在客厅，眉头紧锁，不间断地抽烟，一直到太阳升起。身形以看得见的速度变瘦，仿佛是在秋风里迅速掉光叶子的树。他素来是个稳重的人，对于工作和家庭都拥有很强的掌控力，在此之前，从未被任何事情困扰得无法成眠。

说起这些，老顾陷入了真切的忧虑，好像忘了冯孝廉已经是个死去的人，"总是这样，人是扛不住的。出事前一晚，先生还让我准备火炉。那时已经是春天，院子里的叶子都绿了，先生却是浑身打战。"

　　"但是也可能他并不是为了取暖。"华良摩挲茶杯的手指停了下来，目不转睛地看着老顾，"他可能是要烧什么东西。"

　　"烧东西?"老顾的眼睛睁大了一些，没理解华良的意思。

　　"对，烧让他焦虑重重的东西。"那把虚构的钥匙在华良的心里浮现出来，并开始慢慢地拧动，发出细碎的声音，"那个火炉现在还在吗?"

　　"在倒是在，但里面的炉灰早就打扫干净了。"

　　门没打开，钥匙却烧成了灰烬。又吹来一阵风，将灰烬吹走。此时，只有风在华良心里吹着，涟漪一般不断扩散成空白。华良的手从茶杯上移开，身子倚到沙发靠背上，将那片空白向外倾吐。这时，外面传来了枪声。

　　茶几上的杯子在子弹的冲击中裂成碎片。三个黑衣男子手持长枪往屋里冲。冲在最前面那个正是华良在墓地审问过的鬣狗。鬣狗大叫着扣动了扳机，子弹擦着华良的头顶飞过，打进墙里。

　　华良扑向一边，把老顾压倒。子弹从两人头顶飞过，把沙发炸出一个个破口，填充的海绵像烂肉一样从中露出来。

华良掏出手枪回击，同时揪起老顾，翻过沙发背，伏倒在地。然而密集的子弹轻易地将沙发击穿，在两人身后的墙上打下一块块墙皮。两人俨然是锁在笼中的兽，三个黑衣人找到了戏要的乐趣，不断朝两人周围的墙壁和摆件射击，让那些碎片在空中飞跳。

趁着侧面的黑衣人填充子弹的当口，华良举枪射中了他的右臂，接着扶起老顾，试图往五米外的卧室退。但是这时，他抱住老顾的右臂感到一下钝重的撞击，同时他看到老顾胸前的衣服破开，鲜红的血涌了出来。对于他的叫喊，老顾已经不能回答，他的头歪向一边，眼皮和嘴唇都在颤抖。三个黑衣人像兽吼一样的笑声凶狠放肆地夹杂在密集的枪声中，回荡在客厅里。

"快走，"老顾半睁着眼，声音含糊不清，"我不行了。"他的手伸进上衣里袋，掏出来时，已经沾满了血。这只血手晃荡着找到华良的手，塞进去一张叠成很小的正方形的纸条，然后就垂了下去。

华良攥紧纸条，边往卧室退，边开枪。他的子弹打光了，黑衣人仍端枪逼近。他们完全可以击中华良，但是并不急于将他一枪撂倒，而是更希望围猎的快感能持久一些。而正是他们的狂妄，导致了意外的发生。

三名黑衣人身后响起了枪。鬣狗的一块头皮被打掉，他扔掉枪，捂着脑袋大叫。趁三人回身，华良踹开卧室的门冲进去，从窗户跳进后花园，翻墙而出。

不久，枪声停了。这让华良更加不安，他不知道这意味着朝三人开枪的杜长风是被击中，还是逃离。孤独感爬上了他的心头。汗从发间流进眼睛，杀得疼。他倚在墙上，喘着粗气四处张望，急迫地等待着。

八

枪声又响了起来，随后传来的是三名黑衣人的怒骂和纷乱的脚步声。杜长风奔跑的细瘦的身影出现在了华良的视野里。"快跑！"他朝华良振臂大喊。

三个黑衣人怒吼着冲过街角的时候，华良和杜长风已经翻墙跃进一户上锁的宅院。脚步声从墙外仓促地奔过，随之远去，消失，但两人依然压低呼吸，仿佛墙外面的空气中仍飘浮着他们的耳朵。

"这里不能久留，他们一定会派更多的人来。"华良甩掉沿着额头往下流的汗滴，"也不能回我的住处，那里必然有埋伏。"

"册那！"杜长风吐出一口黏稠的唾沫，刚才，他觉得自己的胃都要颠出来似的，"必须要找一个离这里和你的寓所都远的地方。"

最终，华良把杜长风带到了马斯南路。杜长风在一个锁了门的洋房前停下，从铁丝工艺门外朝里张望。"就这儿了，墙高，而且至少空了半年，再合适不过。"

"你怎么知道至少空了半年？"

杜长风朝华良邪气地笑了下，掏出一根铁丝，插进锁孔拧着。"忘了我是干什么的了吧。破案我听你的，这个你得听我的。"弹开的锁舌发出清脆的声音。华良皱了皱眉，"我家你也是这么开的？""猫有猫道，鼠有鼠道。我这也是手艺。"杜长风拉开铁门，"请吧，探长大人。"

杜长风说得没错，房子空了确实有些时日。推开房门的时候，灰尘簌簌撒落。床凳沙发和器皿案台上都蒙着白布，白布和大理石地面上落着一层灰尘。

顾不上脏，两人近乎瘫倒地仰进沙发里。弹起的灰尘将两人包裹，华良仰头看着阳光里那些纷乱的粒子，像看着自己的思绪。孤立无援的感觉依然在。莫天那小子也住在马斯南路，距离自己这个临时住所不过百米。尽管那小子总充满奇异古怪的想法，但又时常能在案件无法取得进展的时候给他有用的启发。然而绝不能跟他联络，当下恐怕是接任探长以来遇到过的最危险的处境。他抬起手，老顾的血还在他掌心，像无法擦除的醒目的瘢痕。如果不是自己突然拜访，这位和蔼的老人本可以颐养天年。想到这里，他的心就被一把铁钩钩了起来。

华良从口袋里取出老顾塞给他的纸条。纸条已经被血沤透，上面的字还隐约看得清。那是一张中央银行出具给客户的保险柜租金单，下面标注着的一行数字是保险柜的号码，0 - 3 - 2 - 7。华良从沙发上跳了起来，加速跳跃的灰尘让杜长风打了个喷嚏。"这一定就是飞天会在找的东西！"

"一张破纸条？"

"这是中央银行给租用保险柜客户的回执单，保险柜里放的应该就是那东西。出事前一晚，冯孝廉曾想烧了它，但是最终他改了主意。"

"你说，那到底是个什么东西？"杜长风用手清扫着在他眼前纷飞的尘粒，问道。"就那么重要？"

华良在灰尘中走动，眼睛里恢复了锐利的神采，"那东西具体承载着什么内容还不得而知，但应该是文件、照片一类的东西。"

"文件或照片？你怎么知道？"

"能放进保险柜保存，又能投进火炉中焚毁的东西绝不可能是什么大型物件。这个东西应该是冯孝廉在工作中意外发现的。而作为一名律师，他接触得最多的，又能满足以上两个条件的东西就是文件或照片。"华良回过头，盯着杜长风的眼睛。这个东西，必须要先于飞天会拿到，所以还得靠杜长风的手艺。但是杜长风低下了头，长长地叹气。"我打不开银行的保险柜。"杜长风一脸挫败，"我试过。"

"但你一定能想出办法，是吧？"

华良把他眼里的坚定传递给杜长风。杜长风不停地眨眼，久久地搓手，把关节捏得啪啪响。最终，这双手重重地拍响在膝上："我把保险柜炸开！"

"不是不行，但是太危险。"华良抿起嘴，皱起眉，神情凝重。中央银行离中央巡捕房不过两里路程，发生爆炸，巡捕会全体出动，几分钟内就能赶到。何况银行一带本来就是巡捕巡逻的重要地带。

"不入虎穴焉得虎子！不成功就成仁！"这是杜长风所知道的全部成语，他脱口而出，身体兴奋得发抖。

在尖厉的警笛声里，篷布警车和挎斗摩托一辆辆轧过华良的脑际，巡捕像洪水一样奔出来，枪声不绝……一定要想个万全之策。如若失败，行动便毫无意义。

然后华良想到了莫向南和他的莫氏银行。他无比排斥那个涌上心头的办法，但那也是唯一的办法。抽完两支烟后，他转过身，跟杜长风说，炸弹做两个，一个真，一个假。

九

从米高梅舞厅离开后，高婕和莫天又回到了冯府。两人把墙上那些子弹一颗颗挖出来，堆成了一座小山。高婕盯着满墙疮痍似的破洞，眼皮直跳。这里发生过的无疑是一场惨烈的屠杀。她手上布满的口子正往外渗着血珠，那是先前用华良的雕刻刀挖子弹时被割伤的。但是她感觉不到疼痛，一朵沉重的阴云压在心头，让她喘不过气。

受不住莫天的纠缠追问，高婕把华良深夜携带骨灰到访的情形告诉了他。之后，她心里的阴云就崩塌了下来。
每一颗从墙洞里剜出的子弹都仿佛来自华良的胸膛，而华
良的胸膛就像她面前那堵墙，不知道他现在是否安全。挖
取子弹时，华良那把从不离身的精钢打造的利刃崩出了几
个豁口，高婕自然把它们理解为不祥之兆。而莫天还蹲在
地上，久久地陶醉在那堆因猛烈撞击而发生形变的铜制弹
头里，啧啧赞叹。高婕抬起腿，踹了他一脚："你到底懂
不懂？"

　　"你只知道我是神探，却并不知道我是美军枪械的超级
发烧友。"莫天拍了拍腰上挂着的铝制军用水壶，"看，纯
正美国货！"

　　"少废话！"高婕又抬起腿，在莫天眼前晃动着，"说这
些子弹！"

　　莫天懒懒地站起身，叼上烟斗，却把火机递给高婕。
直到高婕给他点上，他才心满意足地开口说话。

　　"这些 7.62 毫米的子弹啊，来自 M1 式加兰德步枪。
M1 式加兰德步枪，因其设计师约翰·坎特厄斯·加兰德而得
名，属于半自动步枪，也就是自动填充子弹的步枪，于
1935 年在美国陆军春田兵工厂研制成功。和其他步枪相比，
这款最新推出的 M1 式加兰德步枪在杀伤力、可靠性和射击
精度上都明显高出一截。"

　　莫天手指捏着一颗弹头，挺着胸脯围绕高婕踱步，脚
下像装了弹簧，每踩一步，脚跟都高高地离地。他每得意
地说出一句，压在高婕心头的阴云就加重一倍。现在，她

死 档

的心已失去平衡，不停地打晃。

"而就在上个月，上海的一个神秘黑帮从美国军火商那里走私了一批加兰德步枪。你知道买了多少吗？整整两百支，外加五千发子弹！"

莫天在高婕面前停下脚步，瞳孔里扩散出设计好的惊讶，"用在这些枪械上的花销，三家莫氏银行都买得下。一般的帮派可是绝对做不到的。"

买下这么多枪械，他们想干什么？高婕感到背后爬上一条体型硕大的黑蛇，紧紧缠起她的躯干，将她拽进寒彻骨髓的深井。她的手攥着雕刻刀的刀身，血珠从指缝间滴落下来。有那么一段时间，高婕恍惚觉得这些血是从华良身上流出来的。

其实，案件比高婕和莫天想象的更为复杂。南京政府的特派员汪世仁为此案专程来到了中央巡捕房，正与格雷隔桌相对。汪世仁已经把手里的牌亮了出来，因而对面前的格雷表现出稳操胜券的不屑。他并不着急得到回答，不时仰起头，把铝制酒壶里的烈酒吞咽下肚。在格雷看来，那只泛着金属冷光的酒壶里装着的更像是冰，汪世仁全身都透露着一股强烈的寒气。

格雷的脸色很难看，紧闭的嘴角向下耷拉着，像愤怒的猎犬。尽管他仍跷着腿，极力做出轻松的姿态，但他频频抬起的夹雪茄的手指已经生硬，吞吐烟雾时也并不从容。这些细微的变化都逃不掉汪世仁的眼睛。

汪世仁紧紧盯着格雷，提醒似的重申了一遍到访的目的："华良的事情我当作不知，但是杜长风和秘密文件必须要带走。杜长风可是共产党，内政的事情你们法国人就不要插手了吧。"

这个身穿黑色呢子大衣，干瘦、矮小，眼神却凶狠如鹰隼的特派员一进来，就说明了自己的来意——缉拿杜长风。好一阵子格雷才想起这个凶手。"你不该来这里，你应该去监狱。"格雷点上雪茄，嘲笑着回答他。"不，"汪世仁盯着他摇了摇手，"一个月前，他已经逃了。"然后他坐到格雷对面的椅子上，从大衣里袋掏出铝制酒壶，仰起头灌了一大口，"昨天，他跟你的爱将搭档，窃取了锁在中央银行保险柜里的秘密文件。"

格雷的嘴大张着顿住，被自己呼出的烟雾挡住视线。烟雾浓得像一个惊叹号。在酒精迅速冲撞开来的辛辣味道里，汪世仁告诉格雷，在看守所，杜长风被关在一起的共产党赤化。九月中旬，杜长风和其他死囚一起被运往马斯南路监狱，等候枪决。途中，囚车被共产党劫下。杜长风带着共产党分配的任务逃离，现在已经得手。

老毕把嘴伸到格雷耳边，轻声提示着事情的真实性。一个月前，老毕手下的包打听向老毕汇报过囚车被劫这件事，但是由于没有证据，因而老毕并没在意。况且如此严重的事件各大报纸却都没有报道，也不合逻辑。现在看来，是南京政府有意将消息封锁。

"这么说来，我更不能把杜长风交给你了，"格雷把积压在胸膛里的沉闷空气不动声色地排空，抖净雪茄灰，假装惬意地吸了一口，"他从死囚重新变成了逃犯，也就重新成了巡捕房的抓捕对象。"

"这可不是格雷处长你能决定的。"汪世仁的眼睛冷得像从冰河里凿下的冰块。然后他仰起脖子，又喝了一大口酒，"格雷处长，这回来拜访您，还有另外一件事。前阵子，鄙人得到一个消息，所以想当面问问格雷处长。"汪世仁打量着格雷，鄙夷地笑了，"法租界中央巡捕房的探长华良怎么是个冒牌货呢？半年前，杜长风的案子刚结不久，华良就下落不明了吧？"

格雷的脸顿时紧绷了起来，就像有只看不见的手抽了他两巴掌。所以汪世仁很满意，他冷笑了一下，跷起二郎腿，掸了掸裤脚："这件事可不是小事，不是不说话就能随随便便蹚过去的坎儿。这关乎法租界的安定，也关乎格雷处长的位子。不过，不到万不得已，鄙人是一定会守口如瓶的。"

格雷不说话，他的眉角和紧闭的嘴角都对着汪世仁耷拉了下去。为了掩盖颓势，他继续抽起雪茄。雪茄灰忘了磕，乱糟糟地落到他制服袖口上。

"因为我们是有交情的。"汪世仁继续说道，"人嘛，就该这样，打个交道，就有了交情。有了交情，就该相互帮忙。这阵子，鄙人就住在上海。巡捕房一抓到杜长风，鄙人就会带着他和秘密文件回南京交差，绝不多添一分钟的麻烦。"

"可是杜长风现在不知道躲在哪里，没有办法抓。"格雷把雪茄扔进烟灰缸,看着袖子上的烟灰,低声说道。

"您只要出人就行。"汪世仁站起身,把铝制酒壶装回呢子大衣的里袋,"杜长风和您手底下那个冒牌货,哦,不,和大名鼎鼎的华良探长,他们今晚就会会合。地点就在公董局东十里处的小树林。还请格雷处长一定要秘密行动,不要惊动了大众和新闻界。一旦惊动了,有多麻烦,想必格雷处长一定清楚。"说完,汪世仁拍打了几下大衣,走出门去。

他走下公董局的大楼,但是并没有坐进停在薛华立路上的别克汽车。他站在楼下的夕阳里,像静候猎物死去的乌鸦。后来,老毕光亮的脑门出现在了楼梯口,他的脚步才开始重新挪动。

老毕被他请进了汽车,守在车外的司机随即利索地关上了门。突如其来的安静沉甸甸的,让老毕感觉被摁到了水面之下,胸口和耳朵被冲涌着,他害怕了起来。当他第一眼看见这个小个子的时候,就感到了他身上的杀气,即使现在他对着自己笑,也笑得像一把寒刀。

"很想当探长吧?"老毕被对方问得猝不及防,把仅剩的几缕残发搔得像垂柳飘飞在风中的枝条。

"以前屈才在华良手底下,现在屈才在一个冒牌货手底下,那滋味儿肯定不好受吧?"

"是那个法国佬不识货!"老毕用拳头拍了一下汽车座椅,"我干了这么多年的巡捕,能不如一个厨子?"

"眼下倒是个好机会,"汪世仁收起姑且称之为笑的嘴角的弧度，面无表情的脸犹如风平浪静的水面，覆盖着诸多汹涌的暗流、漩涡和浪涛，"现在，你是巡捕房里格雷最信任的人，今晚上带队去抓捕杜长风的人肯定是你。那个冒牌货也会在。一旦堵住了，你直接朝他开枪。"

"我早在梦里毙了他一百回了！"老毕咬牙切齿地说，"可是就算毙了他，法国佬也不会多看我一眼。新的探长一定是从各分区捕房探长里选。"

"这个你无须担心。在法租界，我有些人脉，只要你杀了他，我就可以保你坐上法租界巡捕房总探长的位子。"

老毕油腻的脸亮成了红灯笼，高兴之至，他问道："那个厨子是不是得罪长官您了？""别问。"

"你要记住，"汪世仁的声音变得有力，一个字一个字吐出来，"一定不要伤到杜长风，这个人我有用。"

老毕连声答应着。兴奋过后，他又担忧起来，那个厨子颇有些身手，又狡猾。月黑风高的，他很可能溜了。

老毕的嘴角又弯成了一把刀："除非他飞到天上去。"

窗外，夕阳已经落下，夜像深色的雾气笼罩了街道，把一切变得朦朦胧胧。汪世仁说，时间差不多了。"我这就去向法国佬请缨！"老毕摩拳擦掌，喉咙发出尖厉的笑声，摇晃着走进了新生的夜里。

十

电话响了。铃声突然，像入殓的尸体一下子坐起来，从身后拍打莫天和高婕的肩膀。循声望去，电话机在地板上，并没有被枪打烂。

电话从巡捕房打来。打电话的人是和莫天同时被招进巡捕房、编入华良的特别行动组的李震。"坏了，莫天，"李震压得很低的声音非常慌乱，"老毕带着人带着枪抓探长去了！"

"那个秃驴？"莫天的嘴歪到耳根，"我福尔摩斯·莫都找不到华生，那个蠢秃驴怎么可能找得到？"

"下午，巡捕房来了南京的人，他好像知道探长的下落。"李震极力压着嗓子，"是秘密行动，我们都不知道抓人的地点。特别行动组的人一个不带，带的全是他的心腹。我看是要来真的！"

"你别急，华生跟我混了这么久，不会被那帮废物抓住的。"莫天搔着脑袋顿了顿，"就算被抓住了，那秃驴也不敢对他做什么。"

撂下听筒，莫天就跳了起来："我得去救他呀，华生没了我可不行！那个秃驴真会开枪的！"两人陷入了恐慌之中。这时，门被很大力地推开了。

疾步进来的是莫向南。

"我在这干大事儿呐,您来干吗?"莫天推着莫向南就往门外走。"我给你送东西!"莫向南嚷着。"哎呀,我已经吃过饭了,别再送了!""是重要的东西!"莫向南肩膀一挣,瞪着莫天,立住不再动,"帮你破案的!"

莫向南从口袋里掏出了一张形状随意的纸条。准确地说,那是从某本书里撕下的半张书页。"这是佣人刚才从我衣服里发现的,差一点就洗了。"

莫天知道,这半张书页不是莫向南的。因为莫向南是个爱惜书的人,在莫天的记忆里,他从没有撕过一页书。而那套衣服,就是昨天莫向南所穿的西装。所以,莫向南觉得这张纸很可能是华良塞进去的。过去的几个月间,华良去府中闲坐过几次,他与儿子这个话少又和气的上司非常投脾气。每次来,两人都会喝杯茶,聊聊天,下盘棋。昨天,他却忽然变成了一个凶狠的陌生人,无论出于感情还是理性,莫向南都无法相信。"这很可能是阿良留下的线索,他想必是有什么苦衷。"

"您怎么还推理上了?您的脑子只适合看账本。"莫天接过书纸,皱起眉,耷拉下嘴角,做出一副老先生的样子,朗读起来:"十年生死两茫茫,不思量,自难忘。千里孤坟,无处话凄凉。这什么玩意儿啊?"

"这是苏轼的词,《江城子·乙卯正月二十日夜记梦》。"高婕接过残页,说道,"但是只有上半阕。"高婕目不转睛地盯着残页,仿佛残页上暗藏着比那两句词更多的内容。

然后她的眼睛亮起了光："我知道华良在哪里了！"

"在哪？"莫天不屑地问，"难不成这些字下面还藏着地图。"

"在短松冈。"

"什么短松冈？"

"这首词的最后一句是'明月夜，短松冈'。快走！"高婕拉起莫天往外跑。莫天不停地嚷，说他只知道个景阳冈，但是那地方好像不在上海。如果真要去那打老虎，可以使用他最新入手的能媲美飞毯的魔法运输工具。

"你小子，还是应该滚回学校念书！"空荡荡的大厅里只剩下莫向南自己，他望着两人冲进黑夜里的身影，焦虑不安。他叉起腰，大声喊，"办完这桩案子，赶紧滚回学校念书！"

两人在夜色里前行，走得慌乱，视野里的景物随之晃动。在高婕心里晃动着的，是一片树林。那是生长在公董局东十里的一片树林，有茂盛的香樟，也有几棵枝干苍劲的百年老松。高婕曾在那里设下圈套，把华良吊起，也曾在那里与他并肩，赏仲秋的圆月。

皎洁的荧光雪一样覆盖着树林。风吹过，茂盛的香樟发出沙沙的声音。此刻的树林安静无比，但是华良心中奔涌着凶险的浪涛。已经过了八点，杜长风还没有来。即使他来了，身后也很可能跟着一群端着半自动步枪的飞天会成员。

所以他既为高婕和莫天有可能发现不了莫向南西装口

袋里的线索而焦虑，又为两人及时冲进这个黑色漩涡而担忧。他甚至有些后悔这个决定，却又别无他法，否则就不能保证费尽心机搞到的重要文件不落入飞天会之手。倘若失手，之前所做的就全无意义，案件背后的答案也会像巨鲸一样永远地沉入海底。

杜长风来的时候是八点半。他提着一个箱子，灵活得像房顶上的猫，开箱子的时候，又机警如树梢上的猫头鹰。他戴着听诊器，把拾音件放到密码锁上，手指慢慢拧动旋钮。他在等待那把结构复杂的锁发出清脆的簧音。然而在这个声音传导到他的耳膜之前，细碎迅速的脚步声先侵入了安静的树林。

"他们来了！"听声音肯定有上百人，华良短促地提醒，"从那边走。""这帮畜生，真是些狗皮膏药！"杜长风扔下听诊器，提起箱子，随华良往传来脚步声的反方向撤退。但走不过百步，前面也响起了脚步声。接着，华良看到老毕冲进了月光里。他端着枪，表情兴奋得有些狰狞。老毕朝着华良大叫一声，就开了枪。与此同时，从他身后闪出来的那些巡捕也开起枪。变成一道道火线的子弹打进两人身边的树干，发出一连串沉闷的声音。

华良和杜长风躲在粗壮的树干后面，身上不时落下被打下的枝叶。杜长风要对老毕开枪，被华良拦住。飞天会的人也涌了过来，瞄准两人射击，繁密的火线拉成一张密不透风的网。两人干掉了冲在最前面的几个黑衣人，但是无济于事。他们包抄的速度慢下来，脚步却不会停止。这时，枪声又从天上响了起来。"册那，这是什么怪物！"杜长风惊慌地仰起头骂道。

一个圆形的庞然大物正从天上快速下坠。它的下面有一个吊篮，吊篮里站立着两个黑影，不停地朝地面开枪射击。杜长风朝那两个黑影瞄准，但是华良再一次拦住了他，因为在密集的枪声里，他听见了黑影嚣张的狂笑。他指指躺倒在地上的那些黑衣人，又指指天上："那是自己人！"

"华生，我福尔摩斯·莫来救你了！哈哈哈！"莫天在天上大叫着。

说完，莫天往华生和杜长风周围扔了几个烟幕弹。随着黄色的火花绽开，浓重的烟雾开始疾速扩张。一刹那，世界变成了白茫茫的一团，枪声也戛然而止。"跳上来！"莫天大吼。此时，他已经在华良和杜长风的头顶。

华良和杜长风循着莫天的声音，跳上了吊篮。"升天啦！"莫天大吼一声，他的热气球便又开始上升。雾气渐渐散开，地上的人影露了出来。他们仰着头，脸上都是惶惑的神情。

"是神救走了他们！"领头的黑衣人指着热气球大喊，"那是神的坐骑！"

"神说他叫什么摩斯，他好像是外国的神！"身边一个部下应和。

"记住，我叫福尔摩斯·莫！"莫天把双手捂在嘴上，朝着地面欢叫，"勾得拜！"

"神让我们拜，赶紧拜！"领头的黑衣人跪倒在地上，部下们也都扔下枪，不停地叩拜。

热气球在空中寂静无声地飘飞，华良和杜长风被汗水湿透的衣服贴着皮肤发凉。高婕一直背对着华良，看仿佛触手可及的星星。在注视了她的背影许久以后，华良干咳一声，把脸伸了过去："高医生，你看，我的脸好像擦伤了……"话没说完，他脸上就挨了一耳光。高婕咬着牙道，"活该！""不够响！让你逞英雄！"莫天大笑着，"高婕，你再帮我爹抽他一耳光。他那把老骨头，差点就被你吓过去！""我也是没办法。"华良委屈地嘀咕。

"你就该被他们打死！"高婕又骂了一句，然后极为迅捷地瞟了几眼华良擦伤的脸颊。

"要不是我和女魔头，还有我神奇的座驾，今晚上你可真的悬了！"

杜长风一直没有说话，华良拍拍他的肩膀："先回巡捕房吧，把事情跟法国佬交代清楚。"杜长风点了点头，仍然没说话，眼睛里闪动着不安的神色。

十一

回巡捕房之前，高婕先把华良拽到诊所，给他的脸擦了药，敷上一层纱布。纱布柔软，就像高婕的手。回去的路上，华良不时摸一下，备感温暖。拐上走廊时，莫天和特别行动组的另外两名组员正把老毕堵在门口。莫天一巴掌扇下了老毕的帽子，用烟斗梆梆敲打着他亮晃晃的头顶。"小伙子们听我说啊，"老毕一边躲闪，一边解释，"我纯粹是被汪世仁逼的，他是南京的高官。我怎么可能会杀探长呢？我就是做做样子，胡乱放几枪。探长不是好好的嘛！""你得了吧！"莫天躲开老毕的手，又用烟斗打了他的额头，"你倒是想打到，就你那破枪法，难！哥几个，把老东西头顶这几根毛拔下来！"

华良给老毕解了围，看了老毕一眼，没说话。他进了办公室，杜长风正局促地站在墙角，手上戴着铐子。"钥匙呢？"华良问身边的年轻巡捕。"在处长那里。""你自己打开吧。"华良用下巴指指杜长风的手铐，杜长风从袖口里捏出一根钢丝，把它利索地打开。

格雷看到跟在华良身后的杜长风后，极为不满地拉下了脸。华良向他汇报了整起案子的来龙去脉，格雷也把汪世仁所述的事情告诉了他。

华良审视着杜长风，像第一次看见他时那样仔细。他从来没有想过，面前这个胡子拉碴的逃犯会是共产党，而且是南京政府点名要的"肥肉"。

"怎么可能，我就是个贼！"杜长风拧着眉毛连连否认，"处长大人，先前给您的那个密码箱里装着一个重要的文件，可以帮您把冯孝廉的案子查清楚。我是被冤枉的！它还可以帮您瓦解一个大帮派！"

死 档

格雷斜着眼，瞟了眼杜长风，从鼻孔里哼出一声冷笑："不管你是否被冤枉，冯孝廉的案子都已经结了。我的眼里从来没有真相，只有尽快解决的麻烦。"然后他又瞟了眼华良，"谁也别想给我找麻烦。你，"他朝杜长风挥了下手，驱赶苍蝇似的，"必须跟汪世仁走。"

华良走近格雷，还未开口，格雷便把脸偏向另一侧，伸出手掌："不要再说了，没得商量。"

"我可以担保他没有问题。"

"我最后说一次，谁也别给我找麻烦。"格雷从抽屉里取出一副手铐，扔到华良怀里。杜长风望向华良的眼神里充满无助。华良还要张口，办公桌上的电话响了起来。格雷抄起听筒，回复电话那边的人："人已经抓到了，文件也在。你随时来巡捕房提。"

"汪世仁马上就到。"撂下电话，格雷从办公桌后的地上拿起密码箱，搁到桌上，宣判似的跟华良说道。

"你已经尽力了。"杜长风整个人松垮了下来，他从华良手里拿过手铐，铐上了自己。

汪世仁来得比预想的快得多，他依然穿着那身黑色的呢子大衣，眼神凶狠如铁。

华良给杜长风点了一支大前门。杜长风叼着烟，朝他点了点头，便走出了格雷的办公室。华良跟在后面，杜长风下楼后，他回到自己的办公室，站到窗前，也给自己点了一根烟。烟雾升起，在他眼前繁杂地流淌。他看着楼前被月光照亮的薛华立路，等杜长风出现。

杜长风出现了，他嘴里的烟头一亮一灭。汪世仁粗暴地打了他一巴掌，烟头便掉落到了地上，继而被汪世仁踢出一溜火星。然后莫向南也出现在了华良的视野里。他迎面走来，看向杜长风，流露出对陌生人身处绝境的同情。被汪世仁凶狠地瞪了一眼后，莫向南把视线转向别处，走进了公董局的大门。地上那熄灭的火星俨然是杜长风命运的演绎，他被汪世仁推搡着拐出了华良的视野。华良感到心中一阵绞痛，叹出一口浓重的雾。

　　莫向南进办公室时，莫天和其他巡捕也都扒在窗户旁，谈论着汪世仁的情况。莫天说就算他是南京方面的头号猎狗，也绝不会是自己的对手。他瞟了一眼老毕，说有些东西就愿意听从狗的调遣。所有组员都拍手应和。

　　华良走过去，跟莫向南表达了歉意。莫向南笑着拍了拍他的肩膀："阿良，你那个炸弹做得可真不怎么样。"然后他问起汪世仁的事，大家在说的汪世仁是否是在南京政府当差的那一个。华良说是，他便来了兴致："那是我的老同学啊，可是很多年不见啦！"

　　"你们刚才不是见过吗？"华良诧异地问道。

　　"刚才？"莫向南更为诧异地说，"没有啊。"

　　"在公董局楼外面，您跟两个男人迎面而过，其中一个戴着手铐，另外那个穿黑大衣的小个子就是汪世仁。"

　　莫向南大笑起来："阿良，他怎么可能是汪世仁嘛？尽管汪世仁个子也不高，但是他是个胖子啊。而且，你觉得你莫叔叔会比自己的同学老那么多吗？"

死 档

那个汪世仁是假的。华良脑袋里像被扔进了一个蜂窝，乱哄哄地嚣叫。早该想到的。离公董局最近的有电话的地方是五公里之外的悦来宾馆，但是电话打完不到两分钟，汪世仁便站到了格雷的办公室门口。再怎么行动迅捷，也做不到。

"华生，我福尔摩斯·莫觉得不对劲，肯定有事要发生。"莫天摆起神探的姿势，突然一声枪响，他嘴里的烟斗掉到了地上。随即，枪响了第二声。

既然他不是汪世仁，那么他一定是飞天会的人。

华良奔出了办公室，他的皮鞋声冲撞在楼道里，发出混乱的声音。"还不赶紧去帮你良哥!"莫向南朝莫天大手一挥，催促道。

公董局楼前的薛华立路上停着一辆黑色的别克车，大开的车门被风吹得晃动，隐约看得见坐在车前座的两个人影。华良拔出手枪，大喊着。但是车里的人并不回应。

因为他们都已经是两个死人。

趴在方向盘上的那个身形瘦弱，但他并不是汪世仁。华良用枪托起他的下巴，那是一个面色白净的二十岁左右的男子。血从他的胸膛里淌出来，浸透衬衣和西装，砸到地台上，发出很响的声音。歪着脖子仰坐在副驾驶座上那个也不是杜长风，而是一个穿着黑色大衣的胖子，年龄跟莫向南相仿，梳得一丝不乱的背头间夹杂着几缕白发。子弹在他的眉间穿了个洞，脑后的椅背上涂着一摊浓稠的血。

华良跑到马路中间，有几辆汽车带着风从他身边呼啸而过。他前后望着，没有杜长风和小个子男人的身影。巨大的失落像山一样压下来。黑夜一片死寂，所有喧嚣都被风吹走了似的，听得见的只有自己狂奔过后的粗重的呼吸。世界只剩脚下这条旋转起来的公路，华良站在中间，不停地张望。公路两端隐没在黑暗中，上方氤氲着的雾气仿佛一个谜。

神探华良

系列

故事创意
海 飞

项目执行
汪 黎

策划
弦上月色　陈如松

文字
汪 黎　王喜鹏　汤 玲